MENDOCINO COUNTY LIBRARY
1000 09 178725 0 1

D1616890

Las mujeres de Adriano

Héctor Aguilar Camín

Las mujeres de Adriano

LAS MUJERES DE ADRIANO

ALFAGUARA

De esta edición:
D. R. © Aguilar, Altea, Taurus, Alfaguara, S. A. de C. V., 2001
Av. Universidad 767, Col. del Valle
México, 03100, D.F. Teléfono 5688 8966
www.alfaguara.com.mx

- Distribuidora y Editora Aguilar, Altea, Taurus, Alfaguara, S.A.
  Calle 80 Núm. 10-23, Santafé de Bogotá, Colombia.
- Santillana S.A.
  Torrelaguna 60-28043, Madrid, España.
- Santillana S.A.
  Av. San Felipe 731, Lima, Perú.
- Editorial Santillana S. A.
  Av. Rómulo Gallegos, Edif. Zulia 1er. piso
  Boleita Nte., 1071, Caracas, Venezuela.
- Editorial Santillana Inc.
  P.O. Box 19-5462 Hato Rey, 00919, San Juan, Puerto Rico.
- Santillana Publishing Company Inc.
  2105 NW 86th Avenue, 33122, Miami, Fl., E.U.A.
- Ediciones Santillana S.A. (ROU)
  Constitución 1889, 11800, Montevideo, Uruguay.
- Aguilar, Altea, Taurus, Alfaguara, S.A.
  Beazley 3860, 1437, Buenos Aires, Argentina.
- Aguilar Chilena de Ediciones Ltda.
  Dr. Aníbal Ariztía 1444, Providencia, Santiago de Chile.
- Santillana de Costa Rica, S.A.
  La Uruca, 100 mts. Oeste de Migración y Extranjería, San José, Costa Rica.

Primera edición: octubre de 2001

ISBN: 968-19-0902-X

Impreso en México

Poned atención:
un corazón solitario
no es un corazón.

ANTONIO MACHADO

En los últimos años de su vida, mientras salían de su escritorio libros sin fin y del mío sólo artículos periodísticos, durante una larga temporada comí todos los meses con mi maestro, el historiador Justo Adriano Alemán, bautizado así por su padre en alabanza de Justo Sierra, cima de la historiografía mexicana del siglo XIX, y del emperador Adriano, el césar filósofo de los romanos, cuya diversidad de amores y talentos es un lugar de culto en la memoria occidental.

Guardo nuestras conversaciones en una pila de notas que tomaba el mismo día, al llegar al periódico, después de cada encuentro, mientras escuchaba todavía la voz de Adriano. Hay en esas notas tanta sabiduría dicha al paso que no me atrevo a corregirlas ni a publicarlas. Son diamantes en bruto a los que les ha quitado bastante la transcripción; no puedo restituir su brillantez original y sería un insulto a la elegancia del habla de Adriano reproducirlas como están.

Comíamos en el Club Suizo de la Ciudad de México, hoy perdido en el ciclón del cambio urbano. Era un lugar de sombras tenues y paredes de caoba. Tenía un ventanal que daba a un jardín con dos fresnos altos. Recuerdo una algarabía de pájaros en las copas de los fresnos y a lo lejos, sobre la línea de la alberca, un bullicio de niños entrando y saliendo del agua.

Adriano llegaba a nuestra mesa del restaurante, siempre la misma, junto a las ventanas, en medio de largos preámbulos, luego de saludar a los meseros y a la cigarrera, al capitán que le anticipaba los platos del día y al barman que le ponía en la mano la copa de vino blanco con que empezaban nuestras comidas. Por lo general, yo esperaba ya sentado en la mesa. A sus sesenta y dos años, Adriano era un monstruo sagrado de la vida intelectual de México. Como sucede con algunas personas famosas, al gran historiador, a la celebridad de difícil acceso, la gente le llamaba familiarmente Adriano, lo mismo que a un conocido de toda la vida. De algún modo Adriano mismo autorizaba esa confianza. Pasaba entre cosas y personas dando la impresión de que las conocía de antiguo y estaba cómodo con ellas. Esa es la palabra que lo define mejor en mi recuerdo: parecía cómodo consigo, ajeno a la tensión y a la prisa, capaz de no dejarse apresurar por sus pensamientos o sus actos. Daba la impresión de hacer cada cosa hasta terminarla, con la dedicación del artesano que no emprende nada a las carreras ni abandona lo que no ha pulido suficiente. Ese Adriano recuerdo. Saludaba a cada gente, decía cada palabra, fumaba chupada tras chupada interminables cigarrillos negros, comía bocado a bocado, humedeciendo el ritual con atentos tragos de vino y, luego del café, con una estricta dosis de brandy que bebía a sorbos tan esmerados como los brillos de la copa.

Hablábamos de todo y nada, hasta que él tomaba la batuta sobre un tema o una idea. Recuerdo ahora un discurso sobre la forma como la civilización nos había hecho más sensibles al sufrimiento y menos aptos para los hechos duros de la vida: la violencia, la injusticia, la muerte. Recuerdo otro sobre una cortesana decimonónica que lo había sido sólo en la imaginación de sus inventores, uno de los cuales se mató por ella. Periodistas y poetas pintaron aquella belleza con violentos colores, hasta volverla una encarnación de la lujuria, ella que no quiso ser ni fue otra cosa que la mujer de un comerciante gordo, al que le dio seis hijos en otros tantos paréntesis de concupiscencia. La famosa hidalga lúbrica educó a sus hijos en el temor de Dios dentro del convento laico que fue su casa, hasta que al fin de sus días civiles renunció a las glorias del mundo y se recluyó en un claustro para echarse en brazos de las verdaderas pasiones de su vida, que resultaron ser el tedio y la repostería.

Un lunes Adriano llegó a nuestra comida obsesionado con la historia que acababa de leer en los diarios. Un bígamo monumental se había casado con varias mujeres y tenido hijos en distintos hogares. Mantenía todos los hogares, presentándose en ellos con regularidad de jefe de casa. Había dado a todos los hijos su apellido y a los primogénitos su nombre propio. Quiso el azar que dos de los primogénitos acudieran al mismo colegio y llamaran la atención por tener el mismo nombre, la misma edad y un irrefutable parecido. Las autoridades del colegio investigaron la coincidencia y descubrieron que el padre de los muchachos era el mismo señor con distinta esposa, en distinto hogar. La bigamia se persigue en México de oficio y el caso fue consignado judicialmente. Las averiguaciones subsecuentes mostraron que el perseguido era un esposo pródigo y un padre democrático. No sólo tenía dos hogares sino ocho, y no sólo dos hijos, sino treinta y nueve. Su nombre, como el de sus primogénitos, era Pastor Venegas. Hacía honor a su nombre.

—Me intrigan muchas cosas de esta historia —dijo Adriano, sonriendo con malicia, luego de referirla—. En primer lugar, desde luego, el dinero que hace falta para sostener ocho hogares. Pastor Venegas no era un hombre de dinero. Todas sus casas eran modestos templos de una naufragante clase media y él, un burócrata de medio pelo. ¿Cómo sostener ocho casas ganando apenas sueldo para tener una? Si las mujeres trabajaban, quizá no hacía falta demasiado dinero suyo para sostener cada hogar. Las mujeres mexicanas sostienen de hecho muchos de nuestros hogares. Este es un país de padres ausentes y madres solteras. Si se levantara aquí un Monumento al Padre Desconocido, su efigie sería la de una mujer. Pastor pudo beneficiarse de los recursos implícitos en esa institución. Luego está el problema de la logística. No es cosa fácil ir de una casa a otra, de una familia a otra, de un lecho a otro. Ocho circuitos distintos, ocho vidas distintas, ocho mujeres distintas. El vigor erótico puedo entenderlo: el simple cambio de reto vivifica. Más complicado es el tema de la memoria: los nombres, las historias de cada casa, los hábitos, los objetos, los recuerdos de un lugar que no pueden entrar en el otro. Asunto complejo, a no dudar. Pero lo más inquietante de todo es el problema de los horarios. Leí en alguna parte que el amor es una cuestión de horarios. Las familias, por su parte, son una cuestión de tiempo acumulado, tiempo vivido juntos. Ni los horarios ni el tiempo tienen sustituto. ¿Cómo repartir el tiempo entre ocho hogares, conservando la impresión en cada uno de que sólo se pertenece a él? Divida ocho hogares a los que acudir entre los treinta días del mes. No da ni un día por semana. ¿Cómo justificar la ausencia durante los días restantes? ¿Cómo atender en los días disponibles a cada mujer y al mismo tiempo trabajar, ganarse la vida? ¿Cuánto tiempo exige la vida con una mujer, con una familia? Hay quienes se ahogan con una. Pastor Venegas encontró la forma de vivir en varias. Como quien produce coches, él produjo vidas.

Adriano siguió hablando sobre el tema buena parte de la comida, dijo de la recíproca imposibilidad de la monogamia y la poligamia, de la solución clandestina que llamamos infidelidad, de las garantías que el adulterio otorga al matrimonio. Y viceversa. Habló también, después, del libro que escribía sobre las nostalgias monárquicas de nuestra vida republicana. Finalmente, me hizo referirle los pormenores del pleito ministerial de turno que paralizaba al gobierno.

Nos levantamos temprano de la mesa, luego de darnos cita para la siguiente comida. Cuatro semanas después, apenas tomó asiento junto a nuestros ventanales, Adriano dijo:

—¿Se acuerda del octígamo Pastor Venegas?

—Me acuerdo —dije yo.

—Le dieron diez años de cárcel —informó Adriano, como quien revela una infamia—. Sus esposas protestaron el fallo. Desconocían la existencia de las otras, dijeron no tener agravio contra él. Lo declararon buen esposo y buen padre. ¿Qué le parece? Veo cierta sorpresa monogámica en su cara.

—Sólo sorpresa —dije—. La monogamia es aparte.

—¿Le sorprende el hecho que le cuento o mi interés en él?

—En realidad, las dos cosas —dije.

—¿Le sorprenderá también que sienta una afinidad espiritual con Pastor Venegas? —preguntó Adriano.

—También. ¿Afinidad por qué?

—No por los treinta y nueve hijos —sonrió Adriano—, aunque eso ya es bastante. Pastor Venegas tiene seis primogénitos con su nombre, a su manera ha cumplido la fantasía masculina universal de engendrar por lo menos una de las tribus de Israel. Pero mi afinidad no va por el número de hijos, sino por el número de mujeres. Creo entender lo que pasa en su alma polígama. De algún modo somos almas gemelas.

—¿Por qué presiente eso?

—Yo he sido un hombre de cinco mujeres —contestó Adriano, sonriendo de nuevo—. Cinco —repitió, mostrando la palma de la mano derecha, con los dedos abiertos—. Ni una menos, ni una más. ¿Puede creerme eso?

—¿Cinco mujeres importantes en su vida? —dije yo.

—No, no —dijo Adriano—. Cinco mujeres nada más. Ninguna más. Tuve algún trance de adolescencia en el burdel, otro en uno de esos congresos de historiadores. Otro más, hace unos años, por razones en verdad ajenas al amor o al deseo. Eso aparte, sólo cinco mujeres en mi vida, ni una más. Sabrá usted, por su propia experiencia, que una aritmética masculina es llevar la cuenta de las mujeres. Algún jugador profesional de basquetbol declaró que antes de cumplir cuarenta años había llevado a la cama a unas diez mil mujeres. Yo, aparte de aquellos episodios fantasmales, sólo cinco. ¿Puede creer lo que le digo?

—Puedo —dije—. Me sobra voluntad.

—Soy el primero en entender que mi historia es increíble. Y sin embargo es cierta. No es una historia corta, aunque se trata sólo de cinco mujeres. Pero es interesante. Me lo digo ahora, al final de mi vida: la historia de tus mujeres es una historia interesante. En primer término porque no quise más. Luego, porque no hubiera podido tener más: una más me hubiera abrumado, me hubiera quitado la posibilidad de las otras. Veo en su cara que no entiende o no me cree. Quizá si se lo cuento con cuidado, resolvamos las dos cosas.

—No hay nada que resolver —dije—. Si usted quiere contar una historia inverosímil, yo soy la gente adecuada para escucharla.

Adriano asintió complacido a mi retruécano amistoso.

—¿Quiere oír esa historia? —preguntó.

—Naturalmente —dije yo.

—Por mi parte, yo quiero contarla —dijo Adriano—. Porque nunca podré escribirla. Algún día descubrirá usted que nadie puede escribir lo esencial de su vida. Puede escribir aproximaciones, pero lo fundamental sólo es posible hablarlo, echarlo como una botella sin destinatario al gran murmullo de los otros, el murmullo que es el mar de la verdad humana, donde todos hablan a la vez y nadie escucha bien lo que se dice. Si está usted dispuesto, hablamos lo que sigue la próxima vez. Ahora se ha hecho tarde, usted tiene que ir al periódico y yo a mis manuscritos, que me esperan en casa.

—¿Qué es lo que sigue? —pregunté.

—Si tenemos que empezar por el principio —dijo Adriano—, lo que sigue es la historia de Regina Grediaga.

—De acuerdo —dije yo—. Regina Grediaga para nuestra próxima comida. ¿Quién fue Regina Grediaga?

—Sigue siendo —dijo Adriano. Y no dijo más.

En nuestra siguiente comida, Adriano no rozó siquiera el tema ofrecido. Se dedicó a inventariar sus dudas sobre el libro que escribía y a preguntarme detalles sobre el último escándalo nacional: la complicidad de un general del ejército con una banda de narcotraficantes. Un mes después, las cosas fueron distintas. Apenas probó su copa inaugural de vino blanco, regresó al tema diferido.

—Le hablé de mis cinco mujeres —dijo—. Y prometí contarle. Podemos empezar hoy, si le parece.

Asentí y empezó:

—La primera en el tiempo se llamó Regina Grediaga —dijo, mirando a través del ventanal con los ojos entrecerrados.

Adriano tenía los ojos negros y pequeños, rodeados de ojeras, bien metidos en sus cuencas bajo unas cejas pobladas, tan canosas como su melena de león viejo y su bigote de anchas vías, subrayado en su blancura cenicienta por una línea amarilla de nicotina

—Ahora que recuerdo lo de antes y olvido lo de ayer —siguió Adriano—, puedo recordar, casi día por día, lo que hube con Regina. Por ejemplo, esto: yo decidí que me haría historiador mientras oía contar al padre de Regina, el coronel Grediaga, la forma en que su compañía tomó de madrugada una ciudad norteña. Por la noche hubo un baile de gala. Todavía se escuchaban tiros y cañoneos en los cerros vecinos. Mientras el coronel hablaba, yo veía jóvenes en casaquillas militares valsando con mujeres de vestidos entallados, escotes largos y abultadas crinolinas. Esa facha tuvo la historia para mí: una muchacha valsando con un joven coronel mientras se oían los cañones distantes de una batalla. Y esa fantasía de acentos heroicos anduvo siempre para mí, como un halo, tras el rostro de Regina Grediaga. Tenía los ojos más tristes y más radiantes que yo hubiera visto. Eran cafés tirando al amarillo y había en ellos un secreto de iniciada, como si viniera de regreso de los ritos inconfesables de un templo pagano. Con ella hubiera querido valsar una noche, con sus ojos mirándome desde el fondo secreto de la historia, al final de una batalla cuyos ecos todavía se oyeran a lo lejos, anticipando el tiroteo de nuestros propios cuerpos. Yo tenía dieciocho años cuando la conocí y ella dieciséis. Desde el primer día su mirada tuvo un manto de misterio: la promesa de una sabiduría oculta, la posibilidad de una entrega sin cortapisas. Yo era un huérfano veterano, porque mis padres murieron antes de que cumpliera diez años. Había ese hueco enorme, aunque bien guardado en mí, el hueco que ocupó con su mirada Regina Grediaga cuando entré a su casa por primera vez.

«Desde la muerte de mis padres, yo viví con mi tía Águeda, hermana mayor de mi padre, en su casona helada del barrio de Mixcoac. La casa tenía un jardín que crecía en el traspatio como una selva, sin poda ni atención. La yerba había devorado un huerto de naranjas y secado una rosaleda, de una de cuyas matas seguía brotando sin embargo, año con año, una perfecta rosa amarilla. La maleza había cubierto también el brocal de un pozo ciego. Yo solía escalar el pozo bajando con una cuerda por sus paredes sólo para vencer el horror que subía conforme me acercaba a su fondo húmedo, maloliente, mineral. Vivía con mi tía Águeda los fines de semana. En realidad mi casa era el internado militar donde entré al terminar la escuela primaria, poco después de la muerte de mis padres. Entre las virtudes de mi tía Águeda, no se contaba el calor de hogar. Mi tía era como su casa, helada, sólida y espaciosa. Tenía el corazón encogido pero la cabeza abierta y el ánimo independiente. Descuidaba mis tristezas y mis melancolías pero era la patrona de mi libertad y mis audacias. No tenía objeción si los fines de semana, en lugar de ir a su casa, me quedaba en el colegio para ir de campamento con los oficiales solteros o de invitado a la casa de algún amigo. Antonio Grediaga, hermano de Regina, fue mi novato en el tercer año de la secundaria, lo que quiere decir, en las prácticas bárbaras de la escuela militarizada, que era el esclavo de los caprichos y las ocurrencias que yo pudiera tener. A mí me habían tratado bien como novato y traté bien a los míos, en particular a Grediaga. Grediaga tenía el don de caer de pie en todas partes. Lo gobernaban el buen humor y un estado de alerta continuo ante las necesidades prácticas de los demás, lo cual terminaba volviéndolo imprescindible. Odiaba la escuela militarizada aunque era hijo de militar, o precisamente por eso, pero se adaptaba a sus estúpidos rigores mejor que quienes se soñaban generales antes de tener el grado de cadete.

»En la casa de Grediaga supe por primera vez lo que era una familia, y lo que debía entenderse propiamente por hogar. La madre de Grediaga era una matrona hospitalaria que esparcía besos y elogios sin parar sobre sus hijos. Eran cuatro varones y dos mujeres. Solían duplicar su número los fines de semana invitando amigos hasta convertir su casa en una romería. No era una casa muy grande, pero tenía techos altos, un jardín y un tendajón al fondo que hacía las veces de casa club. El coronel Grediaga imperaba sobre aquel circo juvenil con ánimo de patriarca. A petición del público, espaciaba el relato de sus andanzas revolucionarias. Lo hacía con imparcialidad de narrador. No callaba sus miserias ni las atrocidades de su profesión. "No hay muertos bellos", decía, "ni revolución sin horror." Creía en la disciplina militar, por razones estoicas. Según él, la vida era un sinsentido al que había que acostumbrarse haciendo las cosas porque sí, por el hecho de hacerlas, sin buscarles sentido. "La vida es un tropezón interminable", decía. "La única manera de siempre levantarse es siendo disciplinado hasta la estupidez, como sólo pueden serlo los soldados. Esa es la única grandeza de la vida militar: enseña que las cosas hay que hacerlas aunque no tengan sentido."

»El día que fui por primera vez a casa de Antonio Grediaga fue después del desfile militar que conmemora la Revolución Mexicana, un 20 de noviembre, fecha en la cual, como usted sabe, nada sucedió. La mexicana es la única revolución de la historia del mundo que se habrá convocado con fecha y hora fija. Las fijó mediante un manifiesto don Francisco I. Madero, llamando al pueblo a levantarse en armas el 20 de noviembre de 1910 a las 20:00 horas. Nadie acudió a la cita ese día, pero la Revolución acudió a su cita con el país en los años siguientes. Para disculpar su impuntualidad, multiplicó su devastación. El caso es que Grediaga y yo veníamos de la ceremonia del día de la Revolución con uniforme de gala, espadín, las insignias bruñidas, erguidos y esbeltos dentro de aquellos arreos. Entramos por el portón de la casa, y en el jardín vi a una mocosa haciendo cabriolas de gimnasta, dando volteretas hacia atrás que dejaban al aire sus piernas blancas de leche y su calzón de olanes. El pelo amarillo se le enmarañaba sobre el rostro al recobrar la vertical. Las mejillas rojas tenían un orgullo desafiante de cabra loca. Me miró con una especie de furia porque la había sorprendido y se echó el brazo a la cara, como un rebozo, para tapársela, antes de salir corriendo al tendajón del fondo. "Es mi hermana Regina", dijo Antonio Grediaga. "No podrá negar que te enseñó los calzones desde el primer día que te vio." "Es una niña", dije yo. "Es una cabrona", dijo Grediaga.

»Entramos a la casa y conocí personalmente al coronel Grediaga. Lo conocía de nombre por sus escritos sobre logística militar. Era una leyenda como maestro en nuestro colegio, más por sus anécdotas y sus aforismos que por sus conocimientos técnicos. Dejó sus clases cuando Antonio entró como alumno, para no tener conflicto de intereses. Estaba en su despacho, fumando un puro antes de comer y marcando puntillosamente el libro de memorias de un general revolucionario. Me pareció un viejo, pero era un hombre de cincuenta años, atlético, con un pelo abundante que le salía sin claros de la frente. Se puso de pie de un salto y me tendió la mano enérgica y callosa, como un guante de piedra pómez. Tiró el libro sobre el sofá donde leía y explicó: “Voy subrayando sólo las cosas que me consta que son mentira. Nunca he subrayado tanto un libro en mi vida.” Tenía una mirada como un cuchillo y una sonrisa como una invitación en un rostro de facciones armoniosas y confiadas. Nos sirvió tequilas y salió del despacho a la embocadura de la escalera reclamando la presencia de sus otros hijos y su mujer. Bajaron todos a saltos y gritos, como niños hiperquinéticos, salvo que no eran niños. No viene al caso abrumarlo con los nombres y personalidades de todos los Grediaga, familia célebre por sus propios méritos. Uno de sus miembros fue espía alemán y director de cine, otro gobernador de un estado donde no nació, otro embajador en once países. Mi amigo Antonio, que odiaba la milicia, terminó de subsecretario de Guerra en uno de los años terribles de la paz mexicana en que el ejército salió a la calle a corretear estudiantes y terminó disparándoles a quemarropa. La mayor de la familia era mujer, Antonieta, una belleza rubicunda de fin de siglo a la que arruinaron desde muy joven la gula y los kilos de más. Luego de Antonieta y tres varones consecutivos, venía Regina, que a sus dieciséis años era al mismo tiempo la niña que vi dando piruetas en el jardín y la belleza pálida cargada de sufrimientos secretos y perversiones ocultas que vi entrar al despacho del coronel, la vista baja y el ánimo lánguido, como si viniera de una levitación. Quien levitó fui yo ante esa nueva aparición, antagónica de la muchacha de los volantines. En vez de las piernas al aire y la pasión de cabra sorprendida, me dio una mano cálida y una mirada triste que invitaba a gritos. Como si dijera: "Tú puedes curarme." La mamá llegó al final de la tropa. Era una gorda rubia, con cintura de muchacha y formas exuberantes. Apenas paraba de hablar y repartir caricias a los hijos que le cruzaban enfrente. Al final de una ronda introductoria en que resumió las grandezas y miserias de su prole, me dijo: "Tú estás bueno para una de mis hijas. Escoge pronto cuál, porque están muy cotizadas." "Escogerá al final de la comida", ordenó el coronel. "De acuerdo", dijo la mamá de Grediaga. "Por lo pronto que se siente entre las dos." Cuando tomamos asiento, Regina dijo en mi oído: "Me viste a propósito. No creas que lo verás de nuevo." "Lo estoy viendo de nuevo en mi cabeza", le dije. Se rió como si le hubiera dicho un chiste, estrepitosamente, y no volvió a hablarme hasta el final de la sobremesa.

»La comida fue una fiesta de viandas y diálogos, bañados por una rara elocuencia de sobreentendidos y cariños. A los postres, el coronel contó su historia del baile de gala en la ciudad tomada y yo pensé que valdría la pena estudiar cada detalle de aquel baile, contar la historia de los que estaban en esa casa, la historia de la casa misma, de la ciudad donde había sido construida, de quienes habían nacido y crecido ahí, hasta llegar al momento en que la ciudad fue tomada por gente que no conocían, la historia de los extraños ocupantes que bailaban en la casa y seguían echando tiros en los cerros vecinos, el lugar donde habían nacido esos conquistadores, las cosas quc los habían hecho salir de sus tierras natales y llegar aquí, a través de las llanuras desérticas a pelear por unos cerros pelones mientras sus oficiales bailaban en esa casa, que quizás existiera todavía, con las arañas, los espejos, los pisos de maderas trenzadas donde habían bailado siempre esas muchachas, hijas de las buenas familias del lugar, aterrorizadas y cordiales ahora con los nuevos dueños de la villa, bárbaros recién vestidos, mal ceñidos en sus casaquillas militares, bien plantados en el mundo que habían conquistado y al que le seguían disparando desde los cerros para advertir a todos, a ellos mismos, de lo absolutamente provisional de la situación, la perpetua evanescencia de la historia. Lo digo ahora con claridad pero lo sentí mejor en aquel momento. La vida formula tarde lo que sabe temprano, necesita muchos años para decir lo que sintió en los primeros.

»Quedé obsesionado con volver a ver a Regina. Pero no podía verla si Grediaga no me invitaba a su casa. Grediaga era mi novato y no quería abusar de su subordinación, pedirle que me invitara como quien ordena: "Pones tu hermana a mi alcance." Igual le dije: "¿Cuándo vuelves a invitarme a tu casa?" y él me contestó, rápido y al punto, como era: "¿Mi hermana? El fin de semana. Sólo te advierto esto: con mi hermana Regina, allá tú." Y me contó algunos arabescos de su hermana que en lugar de espantarme me encendieron. Era sonámbula y tributaria de la luna. Con la luna llena o en ascenso, pasaba noches despierta tejiendo nudos de estambre en el jardín. Una de cada cuatro noches caminaba dormida por la casa. "Ponle una carta lunática", me aconsejó Grediaga. "Una carta donde digas que eres reencarnación de algo. Con eso tiene para un mes." Inventamos la carta juntos. Me dije reencarnación de un esclavo egipcio enamorado de una su ama joven, cuyo amor no fue posible porque al esclavo le cortaron la cabeza cuando se acercó a su ama con actitudes que delataron su amor. Yo la escribí de mi puño y letra, y Grediaga la llevó.

»A la siguiente semana me invitó a su casa. En medio del barullo de la comida, Regina me dijo al oído: "Yo fui una mala madre en mi vida anterior. Por eso no puedo ser feliz en esta vida sino con un esclavo, pero como en este mundo ya no hay esclavos tendrá que ser con un cadete, no con un ser normal", y empezó a reírse de mí y conmigo. "Para ser sonámbula estás bastante despierta", le dije. "Qué sonámbula ni qué sonámbula: eso le dije a Antonio que te dijera para impresionarte. La verdad es que no duermo, pero por otra cosa." "¿Cuál cosa?" "Bueno, no una cosa, una persona." "¿Qué persona?" "Eso no te puedo decir. Un cadete de la escuela de mi hermano. Está loco." "¿Loco por ti?" "No, loco de manicomio." "¿Está en el manicomio?" "No, anda suelto, pero se cree reencarnación de un esclavo al que mataron por enamorarse de su amita. ¿Puedes creer eso?" "Sí", le dije. "Pues también tú estarás loco." "También yo", le dije. "Va a haber un baile el último domingo del mes", me contestó. "¿Quieres venir? Tengo invitado a otro pero lo puedo cancelar." Pude ir, pero no canceló al otro. Nos tuvo a los dos peloteando todo el baile, ora con uno, ora con el otro. Yo era pretendiente nuevo. El otro parecía llevar muchas campañas en su conquista. De hecho, había pensado que ese baile sería su asalto final a la fortaleza. Entonces aparecí yo como habiéndola conquistado, al menos ante sus ojos. Terminamos a puñetazos en el baño y Regina afligida, gritando contra la brutalidad de los hombres. En el rubor de sus mejillas, sin embargo, bajo la humedad de sus lágrimas, vi la mirada invitadora de cabra loca, feliz de que pelearan por ella. Eso me fascinó. No sé si el otro despechado salió de su vida, yo entré de cabeza en ella. Le llamaba del colegio y le escribía cartas contándole historias antiguas que a mi vez leía en libros de historia militar, de manera que eran todas historias de gloria y sangre. Los días francos y los fines de semana los pasaba casi todo el tiempo en casa de los Grediaga, buscando la ocasión de quedarme unos minutos a solas con Regina. Siempre había esos minutos y el asalto instantáneo de los cuerpos, detenidos por Regina en el último escalón. "Después, después, ahora no." Fue el juego de nuestra adolescencia amorosa: yo asaltarla y ella retroceder en el último momento, castigando su deseo. Detrás de aquel pudor, que pudiera atribuirse a las costumbres pacatas de la época, había en realidad una voluntad de mando sobre sí y sobre el otro, un ejercicio de libertad en la cara del amor posible y del amante refrenado.

»Desde muchacha, Regina tuvo esa manera de no entregarse, al menos conmigo. Es un estilo frecuente en las mujeres y en los hombres. Jugar con la incertidumbre de la propia entrega amorosa como una forma de provocar al otro, pero también de no dejarse lastimar, de pedir que el otro se entregue antes. En Regina aquel estira y afloja era un talento mayor, desesperante, una forma radical de no dejarte llegar nunca cerca, al fondo de ella. Era capaz de enloquecer al más pintado porque, al mismo tiempo, no había nada más abierto y más invitante que su actitud y sus palabras. Eso que empezó como una estrategia de su inseguridad se acabó volviendo un recurso de su coquetería. En mi caso llevó el juego a las dimensiones de la obra de arte, porque me dio todo, salvo penetrarla, todo, hasta la última caricia, haciéndome saber en cada avance que su verdadero núcleo quedaba todavía lejos para mí, en un sitio donde ella habría de rendirse alguna vez, pero no se había rendido. Le dije: "Es un poco ridículo que no haya entrado en ti." "Has entrado más que si hubieras entrado", me respondió con precisión de libertina. Era del todo cierto, y no lo era. Me había envuelto con Regina en todas las formas de la auscultación amorosa, pero no tenía al fin la impresión cabal de haberla palpado, de haberla tenido entre mis manos. Finalmente, un día me dijo: "El sábado saldrá toda mi familia y estará libre la casa para ti y para mí, con todos sus cuartos y todas sus camas. ¿Entiendes lo que quiero decir?" El sábado llegué efectivamente a una casa donde nadie estaba sino Regina sola, prometida que darme. Pero esa vez que iba a tenerla no pude siquiera darle un beso. Regina tenía una terrible noticia para mí: su vida había cambiado, la suerte le había alterado por completo el tablero. Un novio perdido había vuelto a la ciudad y la había venido a ver. "Es el amor de mi vida y voy a casarme con él", dijo sin más explicación y empezó a darme besos que no me supieron. Típico y enloquecedor: la tarde que iba a ser mía Regina me dijo que se iba a casar con otro. Salí de su casa medio loco, en efecto. No paré hasta encontrar a Grediaga en casa de su propia novia. "Fue su enamorado de niña y ahora volvió", dijo Grediaga. "Pero de ahí a que vayan a casarse, hay mucho trecho." Decidí no pelear ese trecho. Regina se dedicó al novio perdido en cuerpo y alma; al año anunciaron su matrimonio. Yo dejé de ir a casa de los Grediaga, herido en mi amor propio y en mi amor a secas. Pené mis cuitas con raptos y abismos románticos. Me hundía en ellos por la noche y terminaba exhausto al amanecer, con un alivio secreto que era una decisión tomada: cuando el sufrimiento fuese intolerable, me quitaría la vida. La idea de quitarme la vida había sido familiar para mí desde que mis padres murieron. Lo siguió siendo, en distintos intervalos, toda la vida. La idea clara y distinta, verdaderamente cartesiana, de que podía dar la espalda y salir del túnel intolerable de la vida, fue para mi un consuelo más que una carga. Un expediente de la libertad más que una opresión de la melancolía.

»Así perdí a Regina por primera vez. Nada extraño, aunque me pareciera intolerable en su momento. A todas mis mujeres las perdí varias veces y las gané al final en gran medida, pienso ahora, porque pude perderlas. Pero he hablado suficiente, demasiado. Cuénteme algo de la vida de este país y déjeme a mí descansar de la mía.»

Respondí a su cuestionario sobre la maraña política que agitaba a la opinión pública y que había convertido a un funcionario prestigiado del gobierno anterior en un prófugo de la justicia del gobierno en turno. Agotó la inspección del último detalle que pude procurarle y dijo, después, con risueño avenimiento:

—Lo mismo pasaba exactamente hace trescientos años. Dejemos nuestra comida aquí. Es tiempo de que vaya usted a su periódico y yo a mis libros. La próxima vez, si no le aburre, le contaré la historia de mi encuentro con Carlota.

La próxima vez tardó cuatro comidas en llegar. Adriano empezó su relato en el punto exacto donde lo había dejado:

—La época de mi pérdida de Regina Grediaga fue la de mi segunda definición profesional. Había decidido ser historiador, pero necesitaba ganarme la vida y reparar la pérdida de mi padre. Él había sido abogado. Yo decidí serlo también para completar su ciclo y recoger sin culpa su herencia, que no fue escasa: me dio una independencia prematura de la que no abdiqué nunca más. Ganarme la vida quiso decir para mí echar dinero en la bolsa de aquella independencia para evitar que menguara, demostrarme que no iba sólo a parasitar sobre ella. Pensaba que no tenía derecho a gastar lo que no pudiera ganarme. La falta de necesidad suele ser generosa, sólo es avara la necesidad. Empecé a ejercer el derecho sacudido todavía por los recuerdos de Regina, y el derecho me llevó, como pasante, a la siguiente sacudida. Acompañé al abogado penalista Baltasar Orduña, el más famoso de su tiempo, mi maestro y contratante, al más fructífero de sus casos. Representaba a una familia cuyo patriarca había sido muerto a martillazos en la cama, junto con su esposa, una dama célebre por sus obras filantrópicas. Baltasar era el abogado del hijo del muerto y fue citado a la sesión en que los detectives habrían de dar su veredicto. Baltasar me invitó como su cargaportafolios de lujo y acudí al aquelarre. Un comandante de la policía resumió ante la familia reunida las investigaciones que habían llevado a cabo. Concluyó que, contra las hipótesis primeras, el crimen no era de un agente externo a la casa sino que se había maquinado adentro. Todos esperábamos que el detective se volviera hacia la servidumbre en busca de culpable, pero se paró frente al nieto adolescente de los muertos y dijo: "Quien mató a tus abuelos fuiste tú, muchacho cabrón." Dijo esto último con voz de oficial de regimiento, es decir, a todo pulmón. La potencia de su voz y la brutalidad de su cargo desbarataron la ecuanimidad del nieto, que ahí mismo se echó a llorar y confesó su culpa. Fue una conmoción para todos, salvo para una mujer de grandiosas piernas que miraba desde un sillón consistorial, como regocijada por la escena. Me miraba en particular a mí, que a mi vez no paraba de mirarla.

«Fue la segunda mujer de mi vida. Se llamaba, inolvidablemente, Carlota Besares. Era la tía política del nieto. Había casado joven y enviudado pronto con un tío del muchacho, un hombre mayor al que el azar se llevó tempranamente, dejando a Carlota una herencia que acabó de convertirla en la mujer más libre de México. Tenía diez años más que yo. Era una mujer de trazo imperial en todos los sentidos. Caí a sus pies como un siervo en cuanto me hizo saber que le gustaba. Empezó a hacérmelo saber justamente en medio de aquella reunión de locos. Mientras mi jefe el abogado persuadía al comandante de atemperar la brutalidad de las conclusiones en el informe criminal, Carlota se acercó a mí discretamente y me dijo: "Si usted da consultas de abogado, tengo una consulta privada que hacerle." Puso su tarjeta en mi mano y agregó: "Llámeme cualquier día. Suelo estar disponible por las tardes." Me ahogó su perfume, la cercanía de su rostro me nubló la mirada. Tenía las cejas negras, la frente estrecha pero redonda, los párpados abiertos como un tajo de mujer de las estepas. A través de aquel tajo brillaban dos ojos negros de un humor, una lujuria y una claridad sin atenuantes. En párpados menos estrechos aquellos ojos hubiesen sido intolerables, asomaba por aquellas rendijas sólo la porción suficiente para no avasallar con las emociones que podían sentirse en su fulgor antiguo y duro. Recuerdo la escena asociada a unos versos de Machado: *Gracias petenera mía / te vi y me perdí en tus ojos: / era lo que yo quería.*

»Tardé una semana en llamarla y ella una tarde en recibirme. La enloqueció saber que no había tenido hasta entonces sino aquel remojón en el burdel y los trasiegos de Regina Grediaga. Me puso en el sillón y empezaron nuestros amores. Ella me enseñó todo lo que no sabía del amor, paso a paso, desde la primera tarde. Todo, salvo el dolor de ser rechazado, que había aprendido ya con Regina Grediaga. Caí literalmente rendido a los pies de Carlota, exhausto de amor físico por primera vez en mi vida. Podía hacerle el amor infatigablemente, y ella recibirme siempre dispuesta a más, risueña con el hallazgo de un cachorro juguetón. En materia de amores Carlota Besares era como un hombre. Era lujuriosa como los hombres lujuriosos, infiel como los hombres infieles. Quería probar todo, hasta lo que no le gustaba, lo mismo que muchos hombres. Quería que entraran en ella todos los hombres posibles del mismo modo que los hombres quieren llevar a la cama el mayor número posible de mujeres. Una actriz italiana dijo que los hombres con el sexo son como niños en una dulcería: se les antojan más cosas de las que pueden comer. Así me le antojé yo a Carlota la tarde del crimen aclarado. Antes había escogido al abogado de la familia con quien yo trabajaba, al mismísimo padre del muchacho abuelicida, hermano del marido de Carlota. En sus tiempos de actriz, conforme pasaban las semanas del rodaje, se iba llevando a la cama a todo el elenco de actores, al director, al camarógrafo y hasta a algún jalacables. Había tenido en su lecho al presidente de la República, un hombre de buena sonrisa y fiebre priápica. Se casó después, sobre el entendido de que su cacería personal no iba a suspenderse, comprometiéndose sólo a una discreción que aprendió a ejercer como una técnica de conducta que le dio los mayores dividendos en respeto social. Cada uno de sus galanes se creía exclusivo de ella, su dueño privilegiado, su único seductor. Sólo ella tenía el cuadro completo de su tapiz amoroso, tan diverso como el de un don Juan, tan discreto como el de un obispo en el convento. Sé que conmigo, durante un tiempo, Carlota hizo un alto en el tapiz de sus deseos. Se dedicó sólo a mí, llena, supongo, de mis fuegos y también del amor maternal, un tanto perverso, que permitían nuestras edades. Además del amor iniciático tuve mi primera y única adicción sexual con Carlota Besares. Requería de su cuerpo dos o tres veces al día, aparte de las noches, que eran largas y nuestras. Apenas le quedaba resquicio para alguna aventura. Por un tiempo, fue mi orgullo, no las requirió. Yo era su niño y ella lo sabía, pero la diferencia de nuestras edades no era tan obvia a primera vista, porque ella era una mujer esbelta de músculos duros, piel oscura, expresión joven, y yo tuve desde muy temprano cara de adulto, parecí siempre mayor que mis años. Todavía hoy que miro la foto de mi primera comunión, veo en ella a un adolescente más que a un niño, a un grandulón converso de mandíbulas grandes y manos como manoplas atrapando el cirio unos segundos antes de salir a galope tras una aventura de gente mayor. Puedo decir que fuimos felices y que los demás lo sabían al vernos, lo cual añade felicidad a la felicidad, porque los amantes quieren ser mirados, son narcisos que buscan su reflejo en el estanque de los demás.

»De todas mis mujeres, Carlota fue la única que no tuvo hijos. Luego de dos abortos, se cuidó de no tenerlos durante su matrimonio con un hombre mayor que habría arropado el engendramiento de otros como si fuera suyo. Carlota prefirió el placer a la descendencia. Pensó que era demasiado joven y que habría tiempo después para engendrar y criar, cosas que en su cabeza viril tenían una cierta condición vacuna, del todo contraria a su índole sensual, pronta al instante más que a la previsión, a la aventura más que al cuidado. Luego me tuvo a mí, que sacié en algún sentido su instinto de posesión maternal, completándolo con el placer no maternal que era su pasión verdadera. Fui su retoño carnal, chamaco y amante. Y fui enormemente feliz, no necesitaba otra cosa, acaso porque en el fondo he sido siempre un hombre monógamo. Tiendo a demorarme en la misma mujer y ella sola me basta. Mi poligamia no ha sido sino la extensión de mi índole monogámica, mi gusto por la misma mujer, el rechazo a la mezcla y la diversidad.

»Solía poseerla en el baño, mientras caía el agua caliente sobre nosotros hasta cubrir los vidrios de vaho. Ahí en el vaho hice una vez un dibujo obsceno y puse abajo: *Yo en Carlota*. Reincidimos en la posición días después y descubrí encantado que el nuevo vaho respetaba el antiguo dibujo: aparecieron completas la caricatura y su leyenda. Meses después, el mismo vaho de aquellos vidrios felices me daría el mensaje de que la tregua de Carlota con mi amor había terminado. Un día en que nos bañamos largamente apareció en el viejo vaho la leyenda que otro había pintado. Decía: *Toño te ama.* Vi aparecer esas palabras como quien ve derrumbarse un mundo. Me derrumbé yo mismo. A mi desmayo siguieron los cuidados de Carlota; cuando volví en mí, desnudo y frotado por sus ternuras sobre la cama, siguió el más increíble discurso de pertenencia amorosa que haya oído jamás, el discurso de sus desenfrenos: "A nadie he querido como a ti", me dijo Carlota. "Todos los demás han sido incidentes. Todos, salvo Sigfrido, que salió de mi vida mucho antes de que entraras tú. De modo que Sigfrido y tú, nada más. Todos los otros han sido curiosidad y juego. Amor, sólo Sigfrido y tú. En realidad sólo tú, porque Sigfrido fue para mí como para ti Regina Grediaga: una llama sin mecha, una pasión mal correspondida. Yo lo quise a él mientras él quería a otras. Sus otros amores mataron el mío. Me dije entonces: *Esclava otra vez, de nadie. No seré esclava de ningún amor, en todo caso, del amor*. Ahí empezó mi búsqueda, no de otro amor, sino de otros muchos, todos, tantos que al final significaran poco. Mi primera conquista fue el propio Sigfrido, a quien atraje nuevamente para tratarlo como romance de una sola vez. Apenas lo tuve, busqué al siguiente, para dejar de ser suya y ser de otro. Y vinieron los otros, uno tras otro, todo el ejército." Empezó entonces una descripción del ejército. Me habló toda la tarde de sus amores, a mí, que convalecía de haber descubierto sólo al último. En vez de consolarme de su infidelidad, me contó su vida infiel, para acabar de hundirme en los celos y el despecho. Con la abundancia de sus infidencias, debo decirlo, vi el conjunto de nuestra historia y a mí mismo como parte relativamente prescindible de ella, no como su centro. Por la noche, libre ella al fin del fardo de ocultarle a su niño las cosas obvias de la vida, nos enredamos en una lujuria limpia y desolada, deudora sólo de sí misma, sin las ilusiones y las dulzuras que suelen vestirlas. Fue nuestra noche de mayor entendimiento, el entendimiento desencantado; también la de nuestra primera escisión, o al menos de la mía. Supimos esa tarde y esa noche quiénes éramos, quiénes habíamos querido ser, quiénes no podríamos ser en adelante.

»Mi amor por Carlota bajó de grado, pero no mi adicción por su cuerpo, por sus caricias, la chispa de su contacto. Seguí acudiendo a mi adicción, pero sin el velo que la mejoraba antes. Me refiero a mis sueños sobre su vida como perteneciente a mí y a su propia ilusión de pertenencia que al menos un tiempo construyó conmigo. Empecé aquellos días mi primera encomienda de historiador, que fue un puesto de auxiliar en la edición de la historia de Bernal Díaz sobre la conquista de México. La paleografía de sus primeros capítulos, como usted sabe, me llevó a la visión de la conquista de América como una empresa de riesgo, y al libro posterior que fue mi primero, sobre los intereses particulares en la conquista de América. Al mismo tiempo recibí del despacho mis primeros casos grandes, entre ellos la defensa civil del coronel en activo que atentó contra la vida del último general presidente del país. La justicia militar condenaba a muerte al coronel, pero la justicia civil no podía condenarlo sino a la pena correspondiente a homicidio en grado de tentativa. Se planteaba un litigio de fondo entre dos órdenes legales contradictorios, el de los ordenamientos militares que se continuaban casi intactos de su origen colonial, de fueros feudales, y el del orden constitucional moderno, donde la pena de muerte había sido abolida. Los delitos de lesa majestad, traición a la patria y otros sacrilegios del absolutismo, habían sido convertidos en delitos seculares con penas comparativamente leves que excluían por igual la ejecución y al verdugo. Eran los tiempos finales de la Segunda Guerra Mundial. Palabras como traición, enemigo, sacrificio y lealtad gobernaban las emociones de la época. Con la seguridad de que perdería la disputa contra la pena de muerte, me fue encomendado aquel asunto de extraordinaria relevancia. El país pasaba en esos días del último presidente militar al primero civil y debía civilizar sus leyes. De modo que en los tiempos en que se rompió el cascarón de mi amor por Carlota, con grandes heridas luego de grandes placeres, tuve mis primeras salidas al mundo adulto en mis dos profesiones, la abogacía y la historia. Salidas quijotescas, a no dudarlo, a las que me entregué con ánimos de conquistador, tal como leía en Bernal, pero con la certidumbre de que la verdad o la justicia última no existían, de modo que podía perderse la inocencia, como yo la perdí en el baño de Carlota, sin perder el amor o al menos el deseo del bien perdido. Este es un aprendizaje fundamental para el abogado litigante: debe jugar con pasión y perder con elegancia sin poner en ello su alma, tal como yo había dejado de ponerla, sin dejar de poner el fuego, en el lecho de Carlota Besares.

»De la mano de esas otras dos mujeres, la historia y la abogacía, fui separándome, lo mismo que un amante infiel atraído por mejores viandas, del banquete de Carlota. Pero seguía acudiendo a él, hambriento como ratón de hospicio. Litigaba en todos los frentes. Iba al juzgado a defender al coronel magnicida, aprendía los códigos paleográficos del siglo XVI para restituir el manuscrito de Bernal y acudía a la fiesta colectiva del cuerpo de Carlota Besares —antes sólo mío, nunca sólo mío—. Esa era mi vida, llena al punto de reventar. No quería más.

Pero el azar y los sueños ocultos en la historia de cada quien siempre quieren más. Ellos me guiaron, supongo, a mi tercera mujer, una estudiante de historia del arte llamada Ana Segovia. Coincidimos en el mostrador del Archivo General de la Nación, pidiendo documentos al encargado. Ana investigaba la historia de la efigie de la Virgen de Guadalupe, patrona de México. No había avanzado gran cosa, fundamentalmente porque buscaba en los archivos equivocados. Me permití sugerirle que buscara en los fondos del Arzobispado. "Ya sé que ahí", me dijo, "pero odio a los curas. Me dan urticaria las sotanas y las iglesias. Me hace daño hasta el polvo de sus documentos. Nada más de imaginármelos, empiezo a estornudar." Su respuesta me llenó de felicidad. Nunca he sido jacobino, ni anticlerical, más bien agnóstico, pero la idea de esa muchacha incendiada por una pasión jacobina, sus labios temblando de ira por la sola evocación de una cosa tan genérica como la maldad del clero, fueron un torrente de agua fresca. Las mujeres eran bastante tontas en el país un tanto provinciano de entonces, y si no eran tontas, debían ser mustias. Una mujer apasionada que hablara sin reservas de lo que le pasaba por la cabeza y una mujer a la que le pasaban por la cabeza impertinencias anticlericales, era una especie de milagro antropológico. Eso lo pienso ahora, entonces sólo quedé prendado de aquella desfachatez tocada por la gracia. No creo en el amor a primera vista, pero sí en que basta el primer contacto para que ambas partes sepan si lo suyo puede llegar al menos a un segundo encuentro. Yo supe desde mi primer encuentro con Ana Segovia que lo nuestro iba a tener al menos un segundo encuentro. Se lo dije y me contestó: "Puede ser, pero no estaría mal si antes me explicaras quién eres, porque no acostumbro salir con desconocidos. Aquí en la esquina hay un café al que podemos ir y me cuentas de una vez para saber a qué atenerme. Pero antes, aclárame una cosa: ¿tienes algo que ver con los curas?" "No", le dije. "Pues ya empezaste bien", me dijo. Recogió sus papeles del mostrador y echó a andar hacia la calle, dando por descontado que la seguiría. La seguí, desde luego, hipnotizado por la claridad de sus humores. Ese fue mi primer encuentro con Ana Segovia, que habría de ser mi tercera mujer. Antes de eso, sin embargo, el azar trajo lo suyo. El azar es ocurrente y tiende a ser simbólico. El hecho es que la misma tarde en que conocí a Ana Segovia reapareció en mi vida Regina Grediaga. Llevaba ocho años sin verla y ninguno sin recordarla. De pronto volvió, como atraída por Ana, y mi vida dio su primera vuelta polígama.

»Pero este es asunto que merece narración aparte. Dejémoslo, si le parece, para nuestro próximo encuentro. Hábleme usted del país: ¿sobrevivirá a esta semana?»

Acepté con impaciencia mi turno en la conversación y él, con una sonrisa, mi memorial de agravios sobre la condición siempre agónica de la República.

Adriano dedicó las tres comidas que siguieron, respectivamente, a las tonterías históricas del discurso oficial, a la celebración del espíritu conservador y a la denostación del periodismo, según él una forma frenética de saber lo que pasa sin entender lo que sucede.

—Me gusta este lugar —dijo al sentarse para la cuarta comida—. La penumbra, los sillones de cuero café, la madera oscura de las paredes, el barman que nos sirve como si nos consintiera. Me gusta ver por los ventanales a los niños jugando. Los niños que fuimos y que no podremos ser. ¿Sospecharán en su dicha sin sombra las sombras de su dicha? Lo que voy a contarle hoy empieza a ser parte constitutiva de mi historia, el anticipo de su verdadera índole, aquello que la hace específica y, quizá, original. Y es que, de pronto, como se agolpan en la mesa los platillos que llegan antes de ser removidos los que se van, se agolparon en mi agenda las mujeres que habían sido parte de mi vida y la que apenas empezaba a serlo. En unos cuantos días simultáneos, o que lo son en mi memoria, refrendé mi adicción por Carlota, inicié mis tratos con Ana Segovia y entró nuevamente en mi cuarto, como un vendaval, la Regina

Grediaga de otros tiempos, la misma pero otra, cruzada por la vida adversa, que la echó en mis brazos por fin, disculpando la metáfora, como un barco encallado después de la tormenta. ¿Quiere que le cuente ese episodio?

—Es lo único que quiero que me cuente —acepté—. Me atormenta dosificándolo.

—No lo dosifico para atormentarlo, sino para digerirlo. El relato, créame, también es nuevo para mí. Tengo que irlo siguiendo conforme asoma. ¿Dónde estábamos?

—En Regina Grediaga después de la tormenta.

—Con disculpa de la metáfora —insistió Adriano—. Habían pasado ocho años desde que dejé de ir a casa de Regina y siete desde que se casó, pero la Regina que tocó a mi puerta tenía más de esos años encima. Podía comparar bien este punto porque Carlota tenía más años y la mitad de los estragos. Regina no parecía vieja, sino atravesada por un malestar que diluía sus facciones de niña y traía a sus huesos una calidad difícil de describir, una calidad de mujer hecha, pasada por las llamas de la pasión y el sufrimiento, purificada por el grosor de la experiencia adulta, eso que hace deseables a las mujeres porque están como en su momento clave, antes y después de la maternidad, antes y después de la ilusión, antes y después del deseo, listas para ser madres, amantes y deseadas por segunda vez. Quién pudiera tomarlas desde la primera vez, tenerlas la segunda y la tercera, en todas sus edades, ser el dueño de todas sus estaciones, de todas sus vueltas, sus cambios de piel, sus renacimientos milagrosos.

«Digo que Regina tocó a mi puerta porque eso es lo que hizo, literalmente. Era ya tarde en mi oficina, casi las ocho de la noche, pero era verano y la luz seguía inmóvil en el cielo. Yo pasaba los ojos aplicadamente por los folios de una querella judicial, pero no hacía sino recordar, con una risa en el alma, los giros de la cabeza de Ana Segovia durante nuestro encuentro esa mañana. En el mostrador del archivo había visto su perfil de andaluza y el brillo exuberante de su pelo sin cuidar. Como quien muestra el plumaje, me había mostrado deliciosamente su jacobinismo y la pirueta de sus elocuencias, invitándome luego a conocernos en el café, porque no acostumbraba citarse con desconocidos. La seguí sin titubear, pero no supe a quién seguía sino hasta que la vi de espaldas, caminando delante de mí, y pude percatarme de la naturaleza diré ontológica de sus nalgas. Aquellas nalgas, créame usted, eran la encarnación de la idea platónica de las nalgas, no su pobre reflejo en los muros de la caverna sino la idea pura de las nalgas, soberbiamente encarnadas en la espalda de Ana Segovia. Volveré a eso porque es parte esencial de mi vida con Ana, aunque no fue aquella perfección platónica la que me absorbió esa tarde, sino algo más trivial, menos perfecto y con el tiempo, más atractivo: la cabeza de Ana Segovia, su cabeza loca yendo por sus prejuicios como si fueran verdades reveladas. ¿Por qué estudiaba Ana Segovia las efigies de la Virgen de Guadalupe, patrona de México? Porque estaba empeñada en demostrar que la efigie tenía un origen profano. ¿Para qué quería hacer esa demostración? Para llevar al pueblo de

México a la iluminación contraria de su fe, la iluminación de la verdad histórica. ¿Por qué creía que la verdad histórica podía sustituir la fe de un pueblo? Porque la fe era el opio del pueblo y los curas católicos los chinos que hacían fumar a todos en el garito. ¿De dónde había sacado aquellos colgajos anticlericales y aquellas ideas trasnochadas del iluminismo jacobino? De su padre Lorenzo Segovia, anarquista gaditano prófugo de la Guerra Civil Española que emigró a México, educó a sus hijos en el credo ácrata y con los años, según Ana, su hija menor, perdió el nervio y se acomodó a las convenciones de su tiempo. "Las nuevas generaciones tienen que hacer lo que las antiguas dejaron a medias, por conveniencia o cobardía", me explicó Ana Segovia esa mañana en el café donde dejamos de ser desconocidos para poder vernos por segunda vez. "Y a todo esto", me dijo, "¿tú crees en la revolución o en la autoridad?" "Yo creo en las leyes y en los tribunales", respondí. "¿Cómo puedes creer en esas trampas?", saltó Ana. "Por dinero: de eso vivo", expliqué yo. "¿Eres abogado entonces?", preguntó. "Litigante", asentí yo. "Al menos tienes la honradez de ser un cínico y no negarlo", dijo Ana. A cada afirmación de ésas su cabeza saltaba con un gozo de cazador acertando y su rostro se iluminaba con el mensaje subterráneo de que todo aquello era un juego no negociable, pero un juego al fin, un torneo de la ocurrencia y el disparate. "Ya que nos conocemos, ¿puedo verte de nuevo?", pregunté al final de nuestro encuentro. "Podrías invitarme a comer", dijo Ana, "Pero yo odio los restaurantes. Si te tuviera confianza podría invitarte a mi casa, que acabo de redecorar. Pero siendo abogado, no sé. ¿Crees que debo darte una oportunidad?" "Por lo menos una", dije. "Pues ven a comer a mi casa entonces. ¿Ya sabes dónde es?" "No", dije. "Para ser un abogado mañoso estás muy mal informado. Aquí te la apunto, mira." Escribió las señas en una tarjetita color magnolia que sacó de su morral de apuntes y libros. "Te espero el martes. Si por algo no puedes me llamas antes, para invitar a otro. Una amiga, quiero decir, para no comer sola. No creas que ando invitando abogados trapaceros a comer todos los martes. ¿De acuerdo?" "De acuerdo", dije. Se paró entonces, pagó la cuenta de los cafés y se fue caminando, dándome la gloria de su espalda otra vez. No quise alcanzarla para poder verla y comprobar que no la había inventado.

»Cuando Regina Grediaga tocó nuevamente a mi puerta, llevaba un año separada de su marido, loca porque el azar le había arrebatado un hijo de cinco años, luego de seis de feliz matrimonio. Vino a mí deshecha por el dolor de su pérdida. La muerte de su hijo había congelado su amor por el padre a quien tanto quiso, el mismo por el que me dejó la tarde que iba a ser mía. Con el pequeño hijo perdido se habían ido de ella todas las ilusiones, incluso la más mínima, ésa que nos hace levantarnos cada mañana, ir a la ducha, comer, hablar a otros, aceptar implícitamente que vale la pena vivir. Era cada vez menos capaz hasta de esos actos reflejos. Sus días eran el espejo de su pérdida y no tenía delante sino el camino de la pérdida completa de sí misma que es la muerte. "Pero no quiero morir", me dijo. "Quiero vivir, aunque sólo sea para seguir recordando a mi hijo y mantenerlo vivo en mi memoria. Por lo menos ahí. Me puse a buscar algo que quisiera hacer de veras, como mujer que perdió a su niño, y lo único que vino a mi cabeza fuiste tú, lo único que quise con toda mi alma, con la poca alma que me queda, fue verte a ti, regresar contigo al punto en que nuestras vidas se apartaron. O, mejor dicho, te aparté. Por eso vine a verte, por eso estoy aquí, para ver si esto funciona." "Pues ya estás aquí y me estás viendo", le dije. "¿Funciona o no funciona?" "Funciona", dijo Regina. "Yo tenía razón. Eres lo que necesitaba ver. Eres lo único que quería ver. ¿Puedes olvidarte de lo de antes y abrazarme?" No podía olvidarme de nada, pero la abracé. Ella se aferró a mí sollozando, me abrió la camisa y empezó a besarme el pecho. Decidí que sus caricias eran más significativas que sus lágrimas. La llevé hacia el sofá, un sofá de tres piezas con el cuero negro luido de tres generaciones de clientes. Se alzó la falda y apartó las prendas. "Aquí no", dije, cayendo en cuenta del sitio, del decorado profesional de la oficina. "Aquí", dijo Regina entre sollozos, y ahí la tuve, en el sillón de cuero, sin quitarnos la ropa. Me hizo quedarme en ella al terminar, tanto tiempo que empezó de nuevo. La edad es fanfarrona en esas cosas, yo era joven aún y había aprendido en el cuerpo de Carlota los fastos del exceso y la repetición. A diferencia de Carlota, que me encendía con sus tactos, en el caso de Regina el ardor y la potencia volvían a mí colgados de la idea de tenerla, *de estarla teniendo*, de estar metido en ella al fin, cerrando el círculo que los años se habían llevado. Esa era una de las resignaciones mayores de mi vida, la resignación de no haber tenido a Regina Grediaga, de haberme ahogado en la orilla de su amor, a unas caricias del centro de su vida. Torcidos y silenciosos nos quedamos en el sillón un largo rato sin tiempo. Nos levantamos abrazados, nos compusimos la ropa y el pelo, con Regina colgada de mí cerré el despacho, bajamos abrazados la escalera hasta la calle donde tenía mi coche. "¿Te llevo a tu casa?", pregunté. "No tengo casa", contestó Regina. "¿Quieres dormir en la mía?" "Sí, en la tuya." Durante el trayecto estuvo abrazada a mí, la cabeza en mi hombro junto al volante, la sonrisa en los labios, la humedad en los ojos despintados, la suavidad pacificada de sus dedos yendo y viniendo por mis mejillas, mis labios, mi nariz.

»Yo vivía entonces en un departamento que era la mitad de una casa vieja en una zona de residencias aristocráticas decrépitas. Mi departamento tenía dos plantas y un jardín artificial en la azotea. Le habían rehecho las cañerías y los baños. Tanto en la planta baja como en el primer piso habían derribado los muros de dos habitaciones para hacer abajo una sala larga que era a la vez mi estudio, y arriba un solo cuarto abierto, con amplios ventanales. Vivía solo ahí, interrumpido nada más por las invasiones de Carlota, que solía llegar sin dar aviso. Prendí un calentador, aunque no hacía frío, porque Regina temblaba. Me confió que llevaba dos días sin comer, de modo que ordené una cena al restaurante de la esquina y la alimenté como a un bebé reacio a la papilla. Se metió en un pijama mío y se durmió abrazándome. Miré al techo un rato, con Regina dormida a mi lado, sobre mi pecho, absorto y henchido, como ante la consumación de un milagro. Al día siguiente fui a dejarla a la casa de siempre de los Grediaga. Fui recibido como en otros tiempos. El coronel lamentó mi pleito perdido años antes contra el código militar que seguía imponiendo la pena de muerte en un Estado republicano por cosas tan del orden antiguo como la traición a la patria, la deserción frente al enemigo y la piratería en los caminos reales. La madre de Regina seguía con la cintura delgada y la disposición a prodigar elogios y caricias donde se ofreciera. Antonieta ya era la gorda que seguiría siendo y los hermanos estaban todos fuera, incluyendo a Antonio, mi antiguo novato, que seguía a contracorriente de sí mismo su carrera militar, destacado en una de las islas continentales del país, cien millas mar afuera del punto más occidental del atlas patrio. "Ya sé dónde encontrarte", dijo Regina cuando nos despedimos. "Esta noche si quieres", dije yo, sobreactuando mis emociones. "Esta noche, a lo mejor", prometió Regina. Los que entienden estas cosas entenderán que al salir de aquella casa de mi juventud, a la que había entrado por primera vez como adulto, tuviera doble necesidad de mi adicción adulta, es decir, de Carlota, y que fuera a buscar su consuelo antes de ir al despacho. Aún dormía, envuelta en sí misma. Me gustaba llegar a su casa por la mañana, corriendo el riesgo de encontrarla con otro, y meterme, nuevo de la calle, en su cama no amanecida todavía, cálida de su cuerpo y sus olores. "Hueles a niño", me dijo. "¿Con quién trasnochaste ayer?" Lo dijo dormida a medias, pero del todo consciente de mi olor. Para disfrazar mi falta de baño había echado sobre mis ropas unas dosis sin precedente de loción que Carlota percibió, desde luego, mezclada con los restos de Regina. El que entiende de estas cosas entenderá que aquella mañana haya tenido con Carlota una gloriosa jornada, al punto que me dijo: "Si así han de ser las cosas, regálame tus mañanas, no tus noches." Llegué a trabajar tarde. Tenía una llamada de Regina, diciéndome que vendría por la noche. El amor se parece a sí mismo, pero la segunda noche tuve a Regina Grediaga por primera vez, entera y enérgica, dispuesta para mí. Descubrí entonces que no era una asignatura pendiente que saldar, una asignatura conocida, sino un nuevo mundo, raro, extraña y falsamente familiar. Lo nuestro era una iniciación, no un regreso. Volví a encantarme de ella, de la Regina que venía a mí con las formas subsistentes de una muchacha fresca, pero cortada por el sufrimiento y embarnecida por él, dueña de un cuerpo donde habían dejado sus huellas el amor, la maternidad y la muerte.

»Al día siguiente comí con Carlota y dormí con Regina. Eran, en estricto sentido, las únicas dos mujeres que había tenido en mi vida. Todo lo que yo pudiera saber entonces de la intimidad de una mujer lo había sabido por ellas. Otro tanto aprendí de cada una, cuando las tuve juntas, por el hecho elemental de compararlas. Lo entenderá quien se haya visto en la situación: no pude sino compararlas y aprendí de la comparación, como si en vez de dos mujeres tuviera mil, como si la mezcla de una con otra las multiplicara y me hiciera dueño de los secretos de una legión. Por ahí estarán todavía en un cuaderno los informes de sus diferencias, informes tomados en el campo, como dirían los antropólogos, horas, a veces minutos después de atestiguar los hechos narrados. No era fácil tomar esas notas, porque el hecho mayor a observar era la renovación del milagro, la plenitud de las horas pasadas alternativamente con Carlota y Regina en el supremo placer de mi clandestinidad frente a una y otra, la dicha corsaria de engañarlas sin consecuencias, ese placer cardinal, acaso originario, de tener a dos mujeres a fondo sin que ninguna de las dos supiera mi doble juego. Fui feliz esos días como un delincuente prófugo, a salvo de las reglas que lo ciñen o de las fuerzas que lo persiguen, feliz como sólo puede serlo un abogado tramposo que gana un caso perdido o un animal doméstico al que el azar le devuelve el sabor de la vida salvaje, el rito de la caza o la defensa de su territorio. Tuve días de amores alternos hasta llegar al martes de la comida que me había invitado Ana Segovia. Ahí tuve mi primer crisis positiva de conciencia. ¿Podía ir a ese almuerzo inocente manchado de mi clandestinidad promiscua, apenas levantándome del lecho de Carlota, envuelto todavía en las caricias melancólicas de Regina? Como suele suceder, mientras dudaba descubrí lo increíble, a saber, que me había enamorado de Ana Segovia antes de haberla tratado. Estaba dispuesto a pagar en su aduana o a quemar en su altar mis cosas fundamentales, antes de que me las pidiera. Las cosas fundamentales que yo tenía entonces no eran sino las que acababa de adquirir, las dos mujeres que habían contado en mi vida, multiplicadas al infinito por la confluencia de sus dones. Finalmente eran mías las dos, cada una a su manera, como no habían sido de nadie más. Esta vanidad de propietario fue fundamental en aquellos días. De la lesión de haberlas compartido con otros, me compensaba el hecho de estarlas teniendo de aquella manera extraña, perversa, simultánea y, sobre todo, inconfesable. Hay esto en la confidencia del amor: sólo es confesable lo que ha quedado atrás, lo que de algún modo ya no cuenta. A veces, ni eso. Yo supe que podría contarle a Ana Segovia mis aventuras, pero no los detalles de mi relación con Carlota y Regina, ni siquiera los rasgos generales, acaso ni los nombres. Podía dejar a Regina y Carlota porque empezaba a querer monógama y lunáticamente a Ana, pero no podía decirle a Ana de la existencia de las otras sin que reprochara mi infidelidad esencial, sin que gritara, con esa pretensión imposible del amor, que sin embargo rige sus cuitas: "O eres mío o no lo eres, sólo mío y de nadie más." Siempre hay alguien más, pero el amor que nace, el amor que corta las aguas, no entiende de compartir sino de poseer. Hay que vivir toda la vida para entender que ese amor es imposible. No coincide ni puede coincidir con los hechos, y sin embargo es el único real, el único que, como dije, separa las aguas y funda el mundo amoroso. Las ganas de fundar un lugar aparte con sus propias reglas tiene como único mandamiento el que gritan desde el primer día los amantes primeros: "Quiero ser tuyo, quiero que seas mía." Ni más ni menos que eso: tener todo lo que eres, darte todo lo que soy. Es un asunto de tan alta como inútil filosofía, pero así es.

»No sé cómo seguir, una vez más he hablado demasiado. Supongo que ahora le toca hablar a usted. Le contaré en nuestro siguiente encuentro cómo decidí casarme y lo que de esa medida siguió. Dígame sólo una cosa, por curiosidad, ya que apenas me ha dejado ver sus preferencias en esta historia. De las mujeres que le he contado, ¿cuál le interesa más?»

—Ana Segovia —dije.

—La última en aparecer —registró Adriano—. Le interesa más el relato que las mujeres que lo forman. Tengo esa ventaja sobre usted: sé lo que sigue, aunque lo sepa a tientas. En compensación por esa ventaja, le prometo que voy a contárselo todo, sin guardarme nada, por la sencilla razón de que mientras se lo cuento a usted me lo voy contando a mí mismo. Yo también quiero recordar qué sigue.

En la siguiente comida, Adriano abrió el fuego apenas tomó asiento en nuestra mesa, antes de dar el segundo sorbo a su primera copa de vino, como si en efecto le urgiera su relato más que a mí. Lo agradecí enormemente, porque la historia de sus mujeres se me había ido volviendo un asunto neurótico, al punto de que sus interrupciones no me dejaban casi escuchar los otros temas de la charla. Era una música intrusa que abolía las otras aun si no estaba siendo tocada, sólo por la inquietud de saber que estaba ahí, lista para fluir en cualquier momento, detenida por el capricho o la indecisión del narrador, el cual, por ese solo motivo, aparecía ante mis ojos como un déspota o un abusivo o un avaro o un mentiroso o un sádico menor que especulaba a mis costillas con el encanto de su historia. Adriano siguió:

—Ana Segovia fue mi primera y única esposa. De habernos sostenido en aquella condición, hubiéramos cumplido cuarenta años de casados este año. Ana Segovia era una mujer hermosa. Regina y Carlota eran irresistibles a su manera: lánguida y misteriosa Regina, física y eléctrica Carlota, muy llamativas las dos, pero no hermosas como Ana. Aun en sus atuendos disminuidos de estudiante radical, Ana atraía las miradas hacia sus formas llenas y esbeltas a la vez, unas nalgas erguidas le salían sin un exceso de grasa de una cintura de niña, y aquellas piernas largas, de huesos fuertes y rectos, bien cubiertos por músculos redondos de piel fresca. Sus pies eran angostos pero de empeine alto, los talones eran fuertes y tersos, sin el asomo dc un borde calloso, y los dedos de los pies largos, con las uñas rosadas, dando testimonio de que la sangre y la humedad no faltaban en la más ínfima de las ramificaciones de aquel cuerpo. Era un cuerpo sano, ligero como una gaviota, lleno de cavidades y ondulaciones inconscientes de su perfección. Ana era insensible a su belleza, del todo indiferente a ella, lo cual volvía su presencia arrolladora, casi demoniaca. Años después vi por algún azar médico la radiografía de su esqueleto. Era tan bella en cada hueso, tan perfecta en cada coyuntura, tan equilibrada en cada proporción, que parecía un dibujo de Leonardo, su cráneo sutil, su columna de alambre, sus brazos como filamentos, los huesos de sus caderas como una mariposa, los de sus piernas como de una garza. El lirismo siempre es inexacto y cursi, pero en el caso de Ana el lirismo era congénito a su cuerpo, a sus huesos, a la delicadeza y el poder de sus articulaciones. Era un cuerpo lírico, vestido o desnudo, de lejos o de cerca, por lo que ofrecía a los ojos y por lo que podían mirar los rayos equis.

«Había quedado de verla al mediodía de un martes. El lunes anterior dormí con Regina por quinta noche consecutiva. El sueño nos venció cuando amanecía y dormimos hasta muy tarde, tanto, que perdí una audiencia en tribunales. Apenas tuve tiempo de bañarme, dejar a Regina en su casa y correr a mi almuerzo esperado. Literalmente puede decirse que salí de los brazos de Regina rumbo a los de Ana Segovia, la cual, como he dicho, gustaba de cocinar porque odiaba los restaurantes. Vivía sola en un departamento que acababa de dejar habitable y al que le faltaba, según ella, la celebración del estreno. "Esto no es un departamento", me dijo al llegar. "Es el primer escalón de mi libertad. Cada objeto que hay aquí significa que mandé al carajo a mi familia y me conseguí mi lugar propio, donde hago lo que me da la gana. Por ejemplo invitar a comer a abogados de dudosa reputación. O sea, tú. Supongo que serás bastante alcohólico, pero sólo tengo una botella de vino y un poco de tequila." "Soy más alcohólico que eso", admití, "Si me lo permites, podemos remediar nuestra escasez con un telefonazo." "¿Con un telefonazo? Pues a ver", retó Ana, señalando el teléfono. Llamé a la tienda de ultramarinos donde compraban las dotaciones vinateras del despacho. Hacían entregas a domicilio y una de las sucursales quedaba cerca de la casa de Ana, en un barrio de calles empedradas y camellones de árboles centenarios del sur de la ciudad. Encargué una dotación adecuadamente snob de vinos franceses. Tardaron en llegar menos de lo que tardé en pedirlos. Cuando el dependiente entró con el paquete y yo puse la dotación sobre la mesa, Ana tuvo un ataque de risa y asombro, el estupor de quien se rinde ante el truco de un mago. El departamento era pequeñito, apenas podía caminarse sin tropezar con la mesa o con la cama, asunto del todo propicio a mis ilusiones. Puse las botellas en la cama porque no cabían en la mesa. Cuando las estaba poniendo sentí a Ana abrazarme por detrás como si yo fuera Santa Claus y ella la niña que agradecía los regalos de la Nochebuena. El símil no es gratuito. Lo que sucedió después fue digno, en efecto, de Santa Claus. Me refiero a que no hay constancia en ningún relato, antiguo o moderno, de que Santa Claus haya tenido alguna vez una erección, ni de que su figura generosa tenga nada que ver con esa otra forma de la satisfacción de los deseos que los clínicos llaman en sus manuales intercurso sexual. Supe que no iba a ser ese el caso apenas sentí el cuerpo de Ana, radiante de sus formas duras, estampado en mi espalda, como si mi propio cuerpo diera un paso atrás y todo yo me volviera de pronto un espectador frío de mí mismo, incapaz de tocar el exterior y cruzar la línea invisible del deseo. No conocía esa sensación ni había tenido esa experiencia. Ana empezó a besarme, pero sus besos, lejos de encenderme obraron el efecto de un empalago. Una cosquilla ocupó mi garganta y aplacó todavía más lo que debía levantarse. Siempre que pienso en aquella jornada con Ana pienso en la fecha fallida de la Revolución Mexicana, el día en que todos los ganosos del país debieron levantarse y nadie se levantó. La conciencia de lo que iba a suceder impidió multiplicadamente que sucediera. Empecé a darme instrucciones de calma, consejos de paciencia, y a poner en juego las cosas que me encendían con Carlota o con Regina, pero ni el repertorio de mis mañas ni el de ellas fueron suficientes. Tampoco el de Ana Segovia, que consistía en abrirse sin reticencia a la inspección de mis manos. Nada produjo el alzamiento buscado, el alzamiento que yo hubiera deseado de las proporciones de una conflagración mundial.

»Recordé mis juegos adolescentes con Regina, cumplidos en todo salvo en la consumación, sólo que no era Ana, como antes Regina, quien me prohibía la entrada, sino mi propio cuerpo traidor, abstinente de sus deseos. Cuando Ana entendió lo que pasaba y lo que seguiría pasando, había obtenido ya varias cosas y estaba igualmente llena de mí, feliz con su abogado desnudo en la cama. "Así me gusta más", dijo al fin, jugando con mi inquilino dormido. "Humilde es como un conejito. Despierto será un abogado trapacero. Me gusta el conejito, cómo no", y siguió jugueteando con mi afrenta.

»Al terminar la comida fui a refugiarme en los brazos de Carlota. Llegué como un damnificado, pero salí como un campeón con la corona reparada. "Lo que necesitas es un poco de mar", me dijo Ana Segovia por el teléfono, al día siguiente. "Yo sé de un lugar perfecto para eso. Te invito si quieres, pero tú pagas con tus ingresos de dudosa procedencia." Me llevó al mar entonces por primera vez. El mar era desde niña su pasión y su fantasía. Una pasión correspondida, porque el mar la mejoraba hasta la perfección, doraba su cuerpo, encendía su mirada, limpiaba sus malos humores. Fueron tres grandes días de mar y de Ana, una primera luna de miel. "Como todos los abogados mañosos, no mostraste tus cartas a la primera", dijo Ana aludiendo a mi desastroso debut y a la razonable segunda vuelta de nuestro contacto. Nada que ver con los incendios de Carlota o con las pertenencias melancólicas de Regina. En Ana había una naturalidad física que añadía transparencia y alegría al amor, aunque le quitara, lo entendí con el tiempo, perversión y misterio. La transparencia y la alegría eran mis necesidades entonces. Tenía urgencia de un amor abierto, sin las sombras de la clandestinidad de Carlota o el destino de amor irregular de Regina. Por una razón o la otra, con ambas era imposible constituir la pareja normal que yo buscaba, la pareja abierta, gozosa y rutinaria, quiero decir: gozosa de sus rutinas, rutinaria de sus goces.

»Decidí casarme con Ana Segovia y terminar con las otras. Me costó un año cumplir esa sencilla decisión. De Carlota no podía apartarme, como quien no puede apartarse del cigarrillo o el alcohol. Era mi placer y mi enfermedad, mi adicción y mi olvido. Con Regina parecía más fácil terminar, decirle, como ella me había dicho una vez, que las cosas habían cambiado y yo iba a tomar otro camino. Nuestra relación era estable en su estilo de rachas. Regina venía cuatro noches seguidas y se apartaba una semana, a veces dos. Su reaparición inesperada tenía el carácter de un inicio y hasta de una reconciliación. Por eso era difícil decirle, al final de esos reencuentros, que las cosas habían terminado: parecía un contrasentido reconciliarse y terminar. Mientras tanto, vivía mi fiesta aparte con Ana, me llenaba de ella y de una paz extraña, la extraña paz de la normalidad. En los valles de aquella paz, cuando todo parecía saciado y en orden, yo corría sin embargo en busca del frenesí de Carlota y me perdía en ella como el goloso que rompe la dieta. Salía de los brazos de Carlota jurándome que había sido esa la última vez y vivía con esa cura dentro de mí, la cura de haberme hartado, hasta que la paz de Ana me regresaba al campo de batalla de Carlota. Pude terminar, sin embargo, con Carlota Besares. Fue en la época que gané mi primer pleito grande como abogado, el pleito que hizo mi fortuna y mi fama de conservador, de la que no me he repuesto, ni me repondré, aunque mi triunfo abogadil fuese en servicio de gente rica y gente pobre por igual. Le gané al gobierno una expropiación mal hecha de quinientas mil hectáreas de bosque en el occidente del país. La quinta parte de la expropiación era de una compañía canadiense, la cual desató el pleito y contrató mis servicios. El resto del bosque sustraído era de las comunidades lugareñas. La compañía recibió una indemnización cuantiosa y las comunidades recobraron sus tierras. Yo gané dos veces lo que había heredado y una campaña de prensa venida del gobierno, llamándome en dosis iguales reaccionario y lacayo de intereses extranjeros. Hace cuarenta años de aquello y sigo oyendo en periodistas y periódicos ecos de esa historia. La verdad es que el gobernador en funciones quería traficar los bosques con una empresa norteamericana, rival de la que yo defendí, y convenció al presidente de que expropiarlos era un asunto de utilidad pública y orgullo nacional. No era sino una aberración jurídica que la Suprema Corte reconoció en favor de mi cliente. Envalentonado por aquella victoria, como si su consumación sellara mi mayoría de edad, le conté a Carlota la situación con Ana, mis propósitos de fidelidad y matrimonio. Le conté aquellas cosas, que la excluían, como a una vieja amiga. Me dijo, como una vieja amiga, confiada en sus armas y en mis debilidades: "Irás y volverás. Sólo conserva esto en tu cabecita de marido fiel: de mí puedes ir y volver cuando quieras. Te has ganado ese privilegio, aunque me lo niegues a mí." Había pasado casi un año desde mi encuentro con Ana Segovia y hacíamos planes para nuestra boda. Luego de hablar con Carlota, me dispuse a hacerlo con Regina. Regina tenía conmigo una adicción pendular semejante a la que me ataba a Carlota: recaía a su pesar. Yo adivinaba en sus empeñosas ausencias que mi decisión de separarnos podía aliviarla de su propia duda. Un día, al final de una noche reincidente, mientras yo buscaba las palabras justas para anunciarle nuestra ruptura, ella las dijo sin cuidarse demasiado. Fue una repetición exacta de nuestra primera ruptura, es decir, de mi primera pérdida de Regina. Me dijo que había encontrado a otro hombre y que no tenía dudas sobre su pertenencia a él. No quería herirme, dijo, pero añadió lo más doloroso: "Has sido siempre la antesala de mi dicha." Salió corriendo después tras el otro, como la primera vez, y como la primera vez su ausencia fue una pérdida monumental porque la había decidido ella, hiriendo mi vanidad, burlando la revancha aplazada de terminar las cosas yo. En cuestiones de amor alguien anda siempre corto y alguien largo. Aun cuando fuese yo quien quería separarme de Regina, ella era siempre la que andaba corta en nuestros amores y yo largo. Ella quería siempre menos y yo más, incluso en el momento en que iba a decirle que no quería seguir con ella. Incluso entonces, ella tuvo la opción de cancelar la herida que yo podía infligirle. Su decisión sepultó la mía y la puso de nuevo tan lejos de mi voluntad como había estado siempre. Apenas pude disfrazar los impactos depresivos de aquella ruptura. Como explicación de mi tristeza, inventé para consumo de Ana frustraciones historiográficas y derrotas profesionales. Todo fue tolerable, sin embargo, y la vida siguió.

»Al momento de casarnos, Ana Segovia era una muchacha fresca, historiadora sacrílega del arte, perfecta diría yo, sexual y doméstica, inagotable conversadora, inagotable contempladora. Estuvimos casados doce años, aunque sólo vivimos juntos ocho, los más apacibles y prolíficos de mi vida. Escribí entonces la tercera parte de los libros que he escrito, no los mejores pero sí los más fluidos y serenos en su elaboración. Un día enfermé. Fui al médico y decidieron que debían operarme. Dados los síntomas, dijeron, debía tener el estómago invadido de cáncer. Abrieron del esternón al ombligo: quince centímetros de herida. Pero no encontraron nada, salvo lo que yo tenía: aquel deseo bárbaro de enfermedad, nacido de la más saludable época de mi vida. Algo vital en nosotros rechaza la paz, quiere la anormalidad, la transgresión, el riesgo. Quien mata ese espacio salvaje en su vida se mata un poco. La bestia cobra su revancha, mata lo sano para abrirse paso. Durante mis años de exigente fidelidad yo había reincidido en Carlota, tal como ella anticipó. Pero lo había hecho sin el gozo corsario de antes, con culpa de marido enamorado y fiel. Había obtenido de Carlota más burlas que placer y un castigo cuyos rigores había olvidado: la exhibición por ella misma de sus otros amores. Tenía un acompañante de planta, un bailarín que la llevaba de viaje en sus giras. Por su parte, Regina se había casado una segunda vez. Era tan feliz como yo, con la diferencia de que había sido prolífica en la misma época en que yo supe que no lo sería. Buscando reproducirme en Ana Segovia, supe por los doctores que era estéril. Fui infértil. La naturaleza decidió que algo en mí no debía reproducirse. Salvo Carlota, todas mis mujeres tuvieron hijos, algunas más desdichadamente que otras. Ya dije que Regina volvió a mí, luego del duelo por la muerte de su hijo niño. Se fue de mí por segunda vez rumbo a un hogar prolífico, semejante a su propia casa, llena de hijos. Durante los años que estuve casado con Ana Segovia, Regina parió en escalera con su nuevo marido, un hombre diáfano y próspero que la hizo feliz, la reparó con creces de su pérdida materna, le dio una buena vida y una casa abundante. Pero algo había melancólico y aventurero en ella; luego de consolarse con aquellas plenitudes, algún hueco se reabría en su ánimo y volvía a buscarme, nos teníamos otra vez, esporádicamente como antes, pero marcados, yo más que ella, por la culpa de nuestra propia imperfección como pareja de otros.

»Un día, al salir de casa rumbo al archivo, Ana me preguntó si vendría a comer para prepararme lo que me gustaba. Me han gustado siempre los hongos y en particular los huitlacoches. Le dije que me hiciera una sopa de huitlacoche y subí al tranvía. Me había retirado del despacho, dedicaba mi tiempo íntegramente a la historia y su enseñanza. Tenía tiempo y calma, las mejores cosas que hay que tener en la vida, aunque se viva poco y la vida transcurra a toda prisa. La ciudad de entonces ayudaba a estas cosas, que hoy se antojan imposibles. Entonces la vida de uno cambiaba literalmente durante un viaje en tranvía. Yo iba irritado aquella mañana, durante todo el viaje en tranvía, con el recuerdo de los huitlacoches y la solicitud de Ana, mi maravillosa primera mujer. Cuando llegué al centro, al Archivo de la Nación, que estaba entonces en la planta más miserable de Palacio Nacional, el mismo lugar donde había conocido a Ana años atrás, decidí que debía separarme de esa felicidad de tiempo completo que fue mi único matrimonio. Tardé meses todavía en separarme y aquella tardanza cobró sus réditos. Me separé de Ana odiándola, sintiendo vergüenza de haber vivido con ella. Como si otro, un ser despreciable, ciego o tonto la hubiera tenido, y no yo. La borré por completo de mi vida, de mi memoria, hasta de mi odio. Y acaso de ese odio vino la historia de mi cuarta mujer que le contaré otro día, porque una vez más he hablado mucho. Usted debe volver al periódico y yo a mis libros.»

—Debo detenerme un poco en los años que viví con Ana —pidió Adriano al mediar nuestra siguiente comida, cuando reanudó su narración—. Fueron años de consolidación profesional. En esos años gané más de lo que debía ganar como abogado litigante hasta formar un patrimonio considerablemente superior al que recibí de mis padres. No deja de ser extraño que en un país donde la ley está sujeta a todo género de manipulaciones, pueda ganarse una fortuna como abogado apegándose estrictamente a la ley, a la exigencia rigurosa de su cumplimiento. Cuando juzgué que había ganado suficiente, empecé a ejercer la abogacía por un criterio, digamos, de extranjería. O, si usted lo prefiere, de extravagancia. Sólo asumí casos que era difícil o imposible ganar, en particular los que tenían que ver con procedimientos leoninos del Estado. Por ejemplo, la constitución exige a los patrones que den seguridad médica a sus trabajadores. Como tantas cosas utópicas de nuestra constitución, esa era también letra muerta. El gobierno creó entonces una red de hospitales de seguridad social cuyo reglamento estableció que debían afiliarse a ella obligatoriamente todos los trabajadores y las empresas que los emplean. Pero el mandato constitucional no era de afiliación forzosa a una red de seguridad social del gobierno, según un reglamento monopólico y leonino, sino que cada centro de trabajo diera seguridad a sus empleados, por los medios que fuera. Tardé doce años en que la Suprema Corte aceptara que la obligación constitucional debía cumplirse por cualquier medio y no, obligatoriamente, por el ingreso a la red de hospitales del gobierno. Litigando ese pleito al primer año de casado, conocí en los tribunales a María Angélica Navarro. Era abogada como yo, litigaba unos enredados pleitos de sucesión y propiedad. Era también historiadora o empezaba a serlo, pero eso no lo supe sino tiempo después, cuando me topé en mis indagaciones con una monografía suya de aquel tiempo, tan desconocida como fundadora, sobre las divisiones territoriales del país. Era una joya de humor y erudición sobre los sucesivos caprichos que habían puesto fronteras a través de los siglos a nuestras enconadas patrias chicas. El estado donde yo nací, por ejemplo, en el norte de México, al que me sentía pertenecer como a una entidad subsistente, cuasi eterna, había sido constituido en sus linderos por la discordia de un virrey novohispano con un gremio de comerciantes locales a los que les trazó una frontera artificial para obligarlos a pagar una alcabala, un impuesto territorial de la época. De aquella arbitrariedad venía el perímetro de mi estado, querido para mí como una foto vieja de familia.

«María Angélica era morena y basta de facciones, tenía la nariz abollada, los labios finos, los pelos descuidados un tanto varonilmente, lo mismo que el atuendo. Me abordó al salir del juzgado. "Tú no me conoces, pero yo a ti sí porque soy amiga de Ana, tu mujer." No había escuchado de Ana una palabra de su amiga, ni la había visto jamás por la casa. Cuando le pregunté, Ana me dio una explicación notable. Dijo: "No sabes nada de María Angélica Navarro porque es la mujer ideal para ti. No quiero que te cruces con ella, porque si la conoces vas a terminar envuelto en sus redes. Esas redes ni siquiera están tendidas para ti, simplemente son las que te acomodan, y como los hombres son antes que nada unos comodinos, caerás tarde o temprano en las redes de mi amiga María Angélica. Tiene todo lo que tú necesitas. De modo que te prohibo todo trato con María Angélica Navarro, mi amiga del alma. Ella sería incapaz de hacerme una guarrada y tú también. Pero los dos son abogados y no es cosa de sus voluntades de ustedes, sino de que están hechos uno para el otro y no me da la gana de que lo descubran nunca, al menos no por mi conducto." "¿Tú te has fijado bien lo fea que es tu amiga?", pregunté. "Fea, de ningún modo", respondió Ana. "A lo mejor mal envuelta y mal peinada. Tiene unas piernas de campeonato y una cara de pervertida francesa que ha vuelto loco a más de uno. A su paso, te lo digo, van cayendo los galanes. Y cuando habla, brilla." "Quiero decir fea comparada contigo", precisé. "Yo no me comparo con María Angélica en nada porque, salvo en eso que tú dices, salgo perdiendo en todo lo demás. Y no me pidas que la invite a cenar, porque eso ya será la prueba de que te hizo mella." "Invítala a cenar", le dije. "Tengo un candidato perfecto para ella". "¿Quieres jugar al casamentero de María Angélica Navarro?" "No. Quiero casar a Matute, mi asistente, al que le urge pacificarse o terminará alcohólico." Matute era mi asistente en la Universidad, un académico talentoso, seis años menor que yo, cuyo único límite era su vida solitaria y loca. Se la había ordenado por dos años una muchacha inglesa que lo acogió de planta en su departamento mientras hizo sus investigaciones en México. Matute floreció en el amor y el orden, pero cuando su mujer volvió a Inglaterra no se decidió a seguirla y volvió a la soledad y al desorden, con dosis crecientes de alcohol. "Necesito una mujer que vuelva a ordenarme la vida", me había dicho en aquellos días. "No puedo solo." Necesitaba en efecto una amante, una mamá y un policía. La posibilidad de juntarlos con ánimo casamentero le pareció divertida a Ana. Tuvimos buena mano. Cenaron en la casa, se divirtieron uno al otro, siguieron viéndose y al poco tiempo casaron. Fuimos testigos de su boda. Tuvieron dos hijos. Fuimos padrinos del primero. Matute dejó la Universidad al poco tiempo, en busca de mejores ingresos. Yo invité a María Angélica para que ocupara su lugar, lo cual dio inicio formal a nuestra colaboración académica y a nuestra frecuentación diaria. El amor nace del primer contacto o de la mucha frecuentación. Puede ser hijo de la chispa tanto como de la rutina. Mucho estar juntos abre tantas puertas como el primer contacto. Matute prosperó meteóricamente y su prosperidad lo indujo a cambiar de vida. Por la época en que yo fui hospitalizado en busca de aquel cáncer imaginario, Matute abandonó la casa de María Angélica, y María Angélica buscó refugio en nosotros. Penaba más por los niños que por ella, según dijo, porque Matute había sido un buen hombre pero no la pasión de su vida. Cuando me separé de Ana, María Angélica acudió en auxilio sentimental de su amiga, pero vino también a consolarme a mí. Me consoló multiplicando nuestro trabajo.

»Con cada una de mis mujeres escribí al menos un libro. Aburrí largamente a Carlota leyéndole la crónica de Bernal según mi restitución paleográfica y ofreciéndole mis comentarios cada vez que algo no le quedaba claro, del texto o de sus implicaciones. Alguien ha dicho que el espíritu de los tiempos es invisible para sus contemporáneos. Los contemporáneos están inmersos de tal modo en sus costumbres que no alcanzan a distinguir su historicidad. Les parece normal todo lo que les rodea, como si hubiera existido siempre. Lo mismo sucede con la historia antigua: hay que descifrar los valores implícitos que nadie menciona, que todos comparten, los supuestos invisibles de la época. Durante mis ocho años de matrimonio con Ana escribí muchos libros, la mitad de ellos en colaboración con María Angélica. Acaso el mejor de todos ellos sea el de la política del lenguaje del imperio español en América, la historia de la implantación del castellano en el Nuevo Mundo. Cuando me separé de Ana, sin embargo, al cumplir cuarenta y un años, emprendí con María Angélica el mayor de mis libros, mi alegato sobre las costumbres políticas del país y su larga supervivencia colonial. Ese es el libro que hice con María Angélica Navarro, como consta en la dedicatoria y en el prólogo. Ese es el libro que abrió nuestro amor.

»Mi ruptura con Ana Segovia fue traumática porque fue repentina. De un día para otro decidí romper, como en un guiso que pasa súbitamente de lo cocido a lo quemado. Descubrí después, leyendo manuales sobre las crisis de la mediana edad, que aquella ruptura insólita está lejos de ser original. Se repite, con variantes menores, en una increíble cantidad de casos, lo mismo que las personas que salen un día de casa y no vuelven más, los radicales que se vuelven conservadores y los heterosexuales que asumen su condición homosexual. El hecho es que un día, al terminar nuestro almuerzo, le dije a Ana Segovia que iba a irme de la casa esa misma tarde. Por la noche estaba metiendo mis cosas en un hotel viejo del centro de la ciudad. Siempre me ha fascinado el centro colonial de la ciudad, pese a su desarreglo y a sus malos olores de ciudad vieja, con drenajes podridos por el tiempo. Incluso esos olores me entusiasman, son prueba tangible de que el tiempo ha transcurrido ahí, puede olerse su materia corruptible, propiamente humana, que no se ha evaporado del todo como en el Coliseo o en las pirámides mayas. Lo vivido tiene ahí una densidad física, igual en las calles que en los viejos palacios ennegrecidos o en los vecindarios descascarados por cuyas paredes escurren aguas y miasmas. No importa, yo siento tras todo eso la evidencia de la historia, la prueba de que no he invertido mis años en la averiguación de un mundo imaginario sino en algo que existió y que una mirada atenta puede recobrar de la muerte. Voy por esas calles del centro acompañado de lo que he leído sobre aquellas épocas, como en medio de un cortejo de sombras, lleno de murmullos como si me hablaran los fantasmas, los espíritus de otro tiempo, el tiempo mismo. El hecho es que cambié la cercanía conyugal de Ana por esa compañía tumultuosa. La dejé viviendo en mi casa del sur, que luego le heredé, y me fui a pasear al tiempo detenido del centro. Ana tardó años en aceptar y más años en entender mi decisión. Como le he dicho, nuestra vida transcurría en una placidez de remanso, agitado sólo por el espíritu festivo y los raptos iconoclastas de Ana, aquellos que habían sido mi fascinación y ahora eran mi tedio. Nada visible turbaba la superficie de aquella tranquilidad. Ana creyó al principio que mi partida era un malentendido o una broma. Las primeras embajadas de María Angélica en nombre de Ana fueron para transmitirme sus peticiones de que suspendiera el juego, recapacitara y volviera a casa. Como casi siempre que la ansiedad o la adrenalina saltaban sus niveles habituales, yo había recaído en Carlota. Su frecuentación era un bálsamo pero también un tóxico, aguzaba la urgencia de mis deseos y la desfachatez de mis atrevimientos. Era diez años mayor que yo, de modo que para el momento en que me separé de Ana, Carlota había cruzado los cincuenta. La familiaridad activa de su cuerpo, sin embargo, el pulso eléctrico de sus amores me rejuveneció en aquellos tiempos como una transfusión. Puso en mí un vapor de omnipotencia, cierta alegría gratuita, cierto descaro para vivir, pensar, actuar. Regresé una noche a mi hotel con esos ánimos altos. María Angélica esperaba en el lobby para repetirme las peticiones de Ana. Al final de uno de sus parlamentos, mientras tomábamos un gin&tonic en el bar, la miré fijamente y salté la cerca. "Te he dicho ya que no quiero volver. Te pregunto: ¿*tú* quieres que *yo* vuelva con Ana?" María Angélica era una mujer morena, tenía un rostro de cierta dureza impasible. La vi sonrojarse como si fuera albina y bajar los ojos con pena de monja. Aun así, cuando levantó la cabeza para mirarme, el sonrojo y la pena se habían ido. Me encaró con una mirada clara en la que había liberación y alivio, si no es que llanamente felicidad. "No", dijo. "No quiero que regreses con Ana." Se acercó entonces a mi asiento y me besó en la boca. Todavía recuerdo la humedad de sus labios, unos labios finos que me envolvieron al besarme con una succión perfecta, sellando toda fuga de aire, abriendo un conducto hermético y total hacia ella donde bailaba de cuando en cuando, como en una escala de Mozart, su lengua rápida y juguetona. La idea de que los hombres conquistan a las mujeres es, por lo menos, una simplificación. Algunos sí, desde luego, pero la mayoría somos conquistados, elegidos por las mujeres. Para halagarme, pero con el fondo de verdad que había en todas sus cosas, María Angélica me dijo aquella noche que había decidido enredarse conmigo desde el día en que me conoció. No había hecho otra cosa, pienso ahora, que construir con toda paciencia, no digo premeditación, el terreno de nuestro encuentro. Luego de besarnos en el bar, me dijo: "Tú entiendes que esto no puede empezar en estos días, durante la convalecencia de Ana por tu partida. ¿Entiendes que debemos esperar?" "Entiendo", le dije, pensando que el siguiente gin&tonic cambiaría la posición. Pero no cambió. "Tengo vergüenza y culpa", me dijo María Angélica al despedirse. "Y estoy llena de dicha. ¿Alguien puede entender a las mujeres? ¿Con qué cara voy a mostrármele a Ana diciéndole que estoy feliz porque me quiero quedar con su marido?" "¿Te quieres quedar con el marido de Ana? Yo ya no soy su marido", recordé. "Lo eres legal y moralmente", dijo María Angélica. "No puedes ser tan duro con Ana. No ha hecho sino vivir para ti." "Nadie vive para otro", dije con súbito encono, el encono, supongo, de quien quiere enterrar su culpa. "Nadie redime a otro, nadie le debe a otro la vida ni la infelicidad. Y nadie tiene derecho a exigir de otro un pago por los esfuerzos que hizo en su favor. Pero no es eso lo que te estoy preguntando. Mi pregunta fue si te quieres quedar conmigo." "Quiero", dijo. "Pero la culpa traba mis ganas." "O tienes mucha culpa o tienes pocas ganas", dije yo. "Pocas ganas, no", dijo ella con su mirada de morena desvelada dispuesta a todas las caídas. Seguí ese camino argumental que parecía prometedor, pero no pude convencerla de que se quedara.

»Entendí, al paso de los días, que María Angélica guardaba la cara frente a sí misma y frente a mí, más que frente a Ana. En materia de afectos las mujeres son más implacables que los hombres, quieren lo que quieren y avanzan hacia eso con claridad. Aunque guarden las formas y hagan vericuetos, en su corazón hay menos dudas que en el nuestro. El hecho es que María Angélica no entró amorosamente a mi vida sino hasta que mi ruptura con Ana adquirió la forma de una demanda de divorcio. Le cedí la casa a Ana, más una cantidad suficiente para garantizar su estabilidad económica, pero reservé para mí la biblioteca, que había ido comprando libro a libro, incluido algún incunable y algún códice raro. Al momento de separarme, Ana tenía treinta y tres años. Salpicada por el dolor de nuestra separación, estaba en el cenit de su belleza. Podía apreciar eso, verla brillar incluso en el mal humor de nuestras juntas de avenencia para el divorcio, y al mismo tiempo no sólo no tenía un impulso de atracción hacia ella sino cierta alergia, que con el tiempo se volvió ojeriza. La primera audiencia de aquellos protocolos liberó a María Angélica de sus compromisos sentimentales. Como buena abogada, tenía algo de rigidez formal en su espíritu y algo también de litigante obsesiva, dispuesta a limpiar hasta el final un expediente manchado por su negligencia. Cumplidos los trámites, que tardaron unos meses, María Angélica se me dio finalmente con una intensidad de nuevo amor que no había pasado por mí en los últimos años. Había gozado hasta extenuar la belleza de Ana Segovia y frecuentado los brazos siempre intensos de Carlota Besares. En aquellos años de matrimonio apacible, que coincidieron con los prolíficos del suyo, Regina Grediaga había hecho sus escapadas en mi busca. Yo la había acogido sin titubear, como se recoge a una amiga de infancia o a una camarada de juergas olvidadas. Aquellas reincidencias eran novedades amorosas relativas, no propiamente aventuras nuevas. No tengo queja de la novedad sucesiva de mis mujeres.

Salvo con Ana, la rutina no gastó nunca nuestros amores ni empañó el brillo de encontrarnos cada vez con la urgencia de los amantes iniciales. Eso puedo decir: salvo las excepciones inevitables, siempre fui a las mujeres que hicieron mi vida como a una fiesta, nunca por obligación o rutina. Eso puedo decir sin alardear: he frecuentado menos lechos que otros, soy dueño de una estadística comparativamente exigua pero cuyos altos registros amorosos presumo difíciles de alcanzar.

»Para mudar mi biblioteca de casa de Ana, compré una casona en el barrio que los ricos de fin del siglo XIX desarrollaron a cuenta de sus ilusiones arquitectónicas francesas, deudoras de la nostalgia de París y la ambición de lujo cosmopolita en una sociedad provinciana de rentas rurales. Las casas que se construyeron bajo el molde de aquella ilusión fueron sin embargo memorables y, cuando yo compré, baratas. Los nuevos arribistas cosechamos aquellas glorias por pocos centavos. La mía fue una casa de tres plantas frente a una plazoleta que tenía en el centro una reproducción del David de Miguel Ángel. La casa estaba a unas calles del departamento, también señorial, frente a otro parque, donde vivía María Angélica con sus hijos, a quienes Matute, mi exayudante, aportaba una pensión generosa. Cuando empezaron nuestros amores, el hijo varón de María Angélica, mi ahijado, iba a dejar de ser niño, empezaba a ser mi pequeño rival por su madre. La niña, de seis años, fue mi adoración o mi muñeca, como usted prefiera. Los hombres jugamos a las muñecas con nuestras hijas, del mismo modo que ellas juegan a tener una familia adulta con sus muñecas. Cada quien vivió en su lugar, no quise reincidir en la vida conyugal de la que venía corriendo. María Angélica había visto el alto precio de la situación y no alcanzó siquiera a proponerla como posibilidad. Gocé aquella nueva soltería como un perro doméstico soltado en el prado libre. Descubrí al paso de mis días la cantidad de mañas placenteras que había ido quitando de mi vida diaria, mañas difíciles de compartir que necesitan anuencia de la pareja y son la dicha autárquica del solitario. Por ejemplo, leer, tomar café y fumar en la cama antes de levantarme; en días de asueto, no salir de aquel reino perezoso, propicio a la inspiración, pedagógico sobre la índole ociosa, fundamentalmente inútil de la vida.

»No tuve con ninguna de mis mujeres un arreglo tan funcional como el que rigió mis tratos con María Angélica. Ana había tenido razón, su amiga era en muchos sentidos la mujer ideal para mí. Me acompañó intelectualmente como ninguna de las otras, fue como nadie exigente testigo del desarrollo de mis libros, y yo de los suyos. Era diligente como investigadora donde yo era perezoso, cuidadosa de los detalles donde yo me perdía en generalizaciones, manejaba mi vida sin proponérselo y era mi pareja sin abrumarme. Era la antípoda de Ana, no había en ella nada externo que brillara de un modo natural o involuntario. Como en las buenas vetas de las grandes minas, había que cavar bajo su apariencia, penetrar la superficie para encontrar las riquezas. Por ejemplo, era infinitamente mejor desnuda que vestida. Leyendo alguna diatriba de Hamlet contra las mujeres que reciben una cara de la naturaleza y se hacen otra con afeites y artificios, María Angélica había decidido desde muy joven ostentar una pobre indumentaria, ocultarse bajo ropas flojas y zapatones desangelados, llevar el pelo al aire tal como brotaba de su cabeza redonda, sin someterlo a peine o peluqueros salvo cuando la proliferación selvática de la cabellera empezaba a atraer las miradas, justamente lo que su cuidado desaliño quería evitar. No obstante, apenas se pasaba la barrera franciscana de su facha, aparecía una mujer sorprendente de lujos físicos. Bajo los gruesos lentes de carey, capaces de afear cualquier rostro, una mirada atenta descubría de inmediato dos ojos grandes, de un extraño color agrisado que sólo encendía sus tonos invitadores a la luz del día. Bajo los frecuentes vestidos sin talle, de tirantes y petos de uniforme escolar, había dos pechos grandes y un talle esbelto avaramente escondido por los atuendos de monja. Bajo las faldas amplias que se empeñaban en no entallar las formas, había una abundancia de escultura griega, con lo que quiero sugerir aquellas redondeces que la tiranía de la flacura andrógina ha separado del gusto moderno. Supe de aquellos tesoros ocultos la noche que celebramos el fin de mi libro sobre las inercias políticas coloniales del país. Había tardado cuatro años en dar a luz un librito de escasas ciento cincuenta páginas donde había destilado lecturas enciclopédicas y una visión original, creo, la única que pude tener en el curso de una vida que ha producido demasiados libros. Sólo ese, sin embargo, el de las inercias en la historia y en nuestra historia, acaso merezca perdurar por su enjundia juvenil y su serenidad adulta, por su elegancia enciclopédica y su nitidez analítica, aunque no por su estilo, pienso, que hubiera podido ser más diáfano, menos filosófico. Quizá valoro de más aquel libro por el hecho de que su terminación quedó unido a la memoria de mi primera noche tumultuosa con María Angélica Navarro. Brindamos en mi casa a solas el día que llegaron los primeros ejemplares de la imprenta, disfrutamos ahí mismo de una cena que, como era mi manía, mandé pedir de un restaurante amigable. Luego vino la noche, que fue nuestro día, el mejor de todos los que tuvimos juntos, tal como resplandece todavía hoy en mi memoria.

»En los meses de mi trámite de divorcio, mi vida se había complicado, como dije, por mi regreso a Carlota y por las escapadas de Regina Grediaga que venía a mí huyendo de su mundo doméstico. Regina combatía con nuestros encuentros rejuvenecedores, las primeras evidencias de su edad delgada, elegante, pálida, en cierto modo intemporal, marcada siempre por sus modos de muchacha. Pero había incurrido ya en su primera cirugía para desvanecer arrugas en los párpados y suavizar la línea, muy tenue pero insoportable para ella, que caía del pie de las aletillas de la nariz a la comisura rosada de sus labios. Habíamos encontrado al fin la confianza de los amantes habituales sin habernos vuelto habituales. Sus reapariciones no tenían otra regularidad que la de sus deseos, a veces menos que eso, el solo gusto de vernos y hablar, o el morbo de que le contara los entretelones de alguna trifulca cultural o alguna polémica periodística que, contra mi deseo o mi propósito explícito, han llamado sin embargo, año tras año, mi atención. La irregularidad de las apariciones de Regina con su aura de fetiche de la adolescencia, mantenía intacta mi atracción por ella, lejos del hartazgo, el desamor o el tedio. Por aquellos tiempos Carlota me anunció que viviría un año en Suiza bajo lo que ahora sé fue el intento de fincarse como pareja con un pretendiente austriaco, mayor que ella. Decidí entonces suspender su búsqueda y rehusarme también a las solicitaciones de Regina para concentrar mis afanes en María Angélica, la mujer con quien había trabajado hombro a hombro durante casi ocho años y a la que descubría apenas en toda la plenitud de sus encantos. Fuimos felices y fieles, independientes y autónomos. Tanto, que me es difícil concebir ahora cómo aquel acuerdo culminante de mi vida amorosa desembocó en la fiesta abierta que siguió. Era un hombre feliz, saciado física y mentalmente. La fiesta sin embargo vino a mí con el poder incontestable del azar, que es el sentido mismo de la vida.

»Pero eso quiero contárselo después, porque es un asunto largo. Ahora quisiera escuchar de usted algo sobre las cosas del día.»

Le hablé del informe publicado esa semana que atribuía la muerte de un candidato presidencial a la acción de un asesino solitario.

—¿Ha leído usted el informe completo? —me preguntó Adriano.

—Sí.

—¿Le parece verosímil?

—No.

—La verdad tiende a ser inverosímil o insoportable —dijo Adriano.

En la siguiente comida, volvió a su relato:

—Una estadística vulgar de los salones de clase es la de la alumna enamorada del maestro o el maestro abusando de su prestigio con la alumna. Es una estadística universal, con lo que quiero decir: inevitable. Había visto brillar esa fatalidad en los ojos de mis alumnas muchas veces, lo mismo en las regulares de mis cursos que en las mujeres un tanto ociosas, pero de cabeza abierta, que organizaban seminarios privados para entretener sus días. Había rehusado siempre la pesca en aquellos lagos cautivos. No sé si queda claro por mi relato, que pone juntas a mis mujeres y parece multiplicarlas, pero mi disposición amorosa es más bien exigua. Me han gustado largamente las mujeres, de toda clase y condición, pero no he tenido ante ellas el impulso del predador ni la promiscuidad del mujeriego. He sido un exclusivista, un reservado, en cierto modo un abstinente y, aunque parezca extraño, un monógamo, propicio a la rutina y a la repetición más que a la novedad y a la aventura. En los tiempos de mi concentración exclusiva en María Angélica, la vida se movió de pronto como un huracán y me puso frente a otra cosa. De la mujer que voy a contarle, me avergüenza decir que era mi alumna, pero lo era, aunque de una condición extraña. Pertenecía a la misma generación del más insólito de mis alumnos, el mejor y el peor de todos ellos, a quien usted conocerá de sobra, aunque sólo sea de oídas. Me refiero a Carlos García Vigil, cofundador del diario donde usted trabaja, precursor de usted y de tantos talentos académicos como el suyo en eso de ir a buscar el vellocino de oro a las redacciones de los periódicos.

—No el vellocino de oro —precisé—. Sólo un poco de aire fresco y vida pública. Pero usted tiene razón: yo llegué al diario siguiendo el camino de Vigil, que para nosotros fue legendario.

—Las muertes prematuras facilitan la fabricación de leyendas —dijo Adriano con súbita amargura—. Pero no son sino eso: muertes prematuras, desperdicios de la suerte. Llevo años pensándolo y todavía no entiendo qué buscan ustedes en los periódicos. Qué buscaba Vigil, qué busca usted. Ya conoce mi obsesión, la hemos hablado muchas veces. Vigil habría sido un historiador sin igual, un escritor extraordinario. Fue sólo un periodista malogrado. No estoy haciendo alusiones personales —sonrió—. Se lo digo abiertamente: cuide que no le suceda lo mismo. En todo caso, lo cierto es que Vigil ejerció una poderosa atracción sobre mí desde el primer momento, una atracción irritante, polémica, entrometida. En el fondo, supongo, una atracción paternal. Todavía hoy me descubro discutiendo con él, tratando de corregirle la vida, como si aún viviera, como si pudiéramos corregir lo incorregible. El caso es que Vigil ejerció parte de su poder de atracción acercándome a sus compañeros de clase. Por razones pedagógicas, en materia de trato con mis alumnos he guardado siempre una distancia magisterial, hasta pedante. Como a usted le consta, nuestros encuentros eran siempre en el salón de clase y sólo ocasionalmente en mi casa, para desahogar cuestiones académicas. He procedido así con todos mis alumnos, salvo con Vigil y su generación, y ahora con usted. Vigil me invitaba a sus círculos de discusiones, y luego a sus fiestas. Ya sabe usted, esas fiestas juveniles de malos alcoholes y exageraciones de la edad que terminan con frecuencia en puñetazos. Acudí primero a una reunión del círculo, luego a una fiesta, luego a otra, al final a varias. De pronto, cierta noche, en las postrimerías de una de aquellas fiestas, me vi lleno de alcohol, tirado en un diván con una joven alumna besándome con urgencia adolescente. Algo adolescente, en efecto, despertó en mí, un flujo de vida desafiante, nueva. Pasada cierta edad, decía el poeta Jaime Sabines, la juventud y el amor sólo pueden adquirirse por contagio. Digamos que esa noche padecí un agudo contagio de ambas cosas. Volví a casa al amanecer igual que un lobo joven después de la caza, sin sueño ni fatiga.

«Hasta entonces, mi fusión con María Angélica había llenado por igual mis deseos y mis pensamientos. Había potenciado mis certidumbres en torno a la superioridad del pensar sobre al hacer, las ventajas del claustro sobre la intemperie, del día sobre la noche, de la armonía sobre el exceso, de la rutina plácida del amor sobre el rapto de la aventura. Las caricias inesperadas de mi alumna barrieron todo eso como quien limpia de una brazada los papeles viejos de un escritorio. Se llamaba Cecilia Miramón. Era hija de un padre mayor y tenía debilidad por sus mayores. La tuvo por mí, suponiéndome un sustituto de sus fantasías infantiles. Las fantasías infantiles están llenas de duendes y hadas, pero están cruzadas también por la perversidad de las pasiones, como si la edad adulta acechara al niño desde muy temprano. La niña quiere entrar inocentemente a la recámara de sus padres para ver lo que sospechan sus glándulas dormidas. Así empieza su historia de adulta precoz y niña eterna. Acaba metida con un hombre mayor dueño de todos los arreos que delatan a la figura buscada del padre, la alcoba prohibida, los oscuros celos infantiles. Todo eso está muy visto y dicho. Lo que no siempre se dice es el enorme placer que esos desplazamientos pueden darle con el tiempo a la niña transgresora y, sobre todo, el placer sin fronteras que puede darle un amor joven por el padre a un adulto joven capaz de suplirlo en las fantasías de su hija. Cecilia era hija, como yo, de un padre talentoso, escritor de altos registros perdido sin embargo, como tantos, en la noria de la falta de estímulos de la vida intelectual mexicana: más alcohol que lectores, más servidumbres burocráticas que oportunidades literarias, vocaciones sin eco en la gran muralla de un país bárbaro y provinciano. En fin, una vieja historia que sólo el tiempo ha empezado a curar, como todo en la historia. Fui beneficiario de ella en el cuerpo joven y fresco de Cecilia Miramón, quien acudió a mí como a todas sus cosas, con una energía sin límite que escondía cierta necesidad de aturdimiento, la urgencia de perderse en el ritmo huracanado de sus propias acciones. "Me emborrachas", decía Cecilia en nuestras sobremesas, que discurrían, es cierto, por los rieles del vino abundante y los siempre penúltimos brindis. En realidad se emborrachaba ella, al principio con gracia, se llenaban de humedad sus labios y de lujuria sus ojos; después, a mitad de la tarde o de la noche, era como una doncella envilecida, un animal en celo, hipnótico y belicoso que había que domar para amar. Yo no había estado con una mujer de la edad de Cecilia Miramón desde que tuve a medias a Regina, antes de su boda. Eran increíbles para mí la dureza de sus carnes, la rapidez de sus glándulas, la flexibilidad de su cuerpo. Volvía con renovado fuego sobre mí haciéndome sentir que era yo quien la incendiaba y no sus años. Acaso envejecer no sea sino una forma de hacerse lento, de perder velocidad y prisa, lo mismo que ilusión y deseo. Las fáciles humedades de Cecilia Miramón denunciaban las lentitudes de María Angélica. Cecilia podía irrumpir en mi cubículo de la Universidad una mañana para obligarme, con prisa envanecedora, a tenerla ahí mismo, sentado en mi sillón profesoral con ella encima, urgida, amorosa, adolescente como el primer día. Me reía de mi mismo después, recordándolo con risa de hombre libre, zafado de sus convenciones (la corbata, el peinado, los sombreros, los miedos). La novedad de Cecilia y el surtidor veloz de sus pasiones no trajeron, como podía esperarse, un desencanto de mis amores viejos, en particular de mi amor por María Angélica, única con quien competían en ese tiempo. Por el contrario, el pacto con Cecilia y sus desvaríos abrió una ventana de nueva lujuria con María Angélica. Antes de darme cuenta iba de un lecho a otro con entusiasmo de principiante, retomando en uno lo que acababa de dejar en el otro, del mismo modo que empezaba un libro apenas ponía los ojos en las líneas finales del anterior, como el goloso en el siguiente plato o el místico en la siguiente epifanía. María Angélica y Cecilia eran mis epifanías alternas. Durante casi un año la única tentación de mi vida, el único afán, fue tenerlas, ir de una a otra sin saciarme de ninguna. Pagaron aquella afición mis libros y mis clases, que abandoné sin reconocerlo; gozaron mis glándulas, y también mi cabeza, dichosa de aquel abandono. Fui feliz y ellas, creo, también lo fueron, María Angélica sin saber de Cecilia y sin otra aventura, creo, que mi compañía; Cecilia sabiendo de María Angélica y gozando doblemente por la ignorancia de la otra. Había entrado por fin en la alcoba prohibida, ejercía su dominio sobre la posesión de la mujer mayor que sus años odiaban y su cuerpo traicionaba con alegría.

»La transgresión de Cecilia se prolongaba hacia mí, desde luego, como si yo fuera la puerta de entrada al casino, la primera mesa entre muchas donde apostar su necesidad de vértigo. Era generosa con su cuerpo y universal en sus deseos, con pasión que me recordaba a Carlota. Suscitaba en mí los celos que sólo había suscitado la misma Carlota, pero Carlota porque me había hecho sentir un muchacho tonto, Cecilia porque me ponía en la situación de ser un adulto imbécil. Me echaba en brazos de Cecilia loco de celos, ansioso de vida, dispuesto a algunas bajezas para conservarla, como darle trabajo que no podía hacer para hacerlo con ella, para mantenerla cautiva al menos por esos momentos. Toleré que me presentara a su novio formal para compartir conmigo el placer malsano de engañarlo juntos, al tiempo que yo aceptaba, con celos incontrolables, su recíproca traición. Con ninguna de mis mujeres toqué como con Cecilia los límites de la abyección y la perversidad que acompañan sin embargo, tan frecuentemente, la pasión amorosa, el extraño placer de dañar y ser dañado, gemelo del impulso de proteger y cuidar, las ganas de reñir junto a las de comulgar, de engañar y ser fiel, de herir y de idolatrar: los extraños límites de la pareja, tan misteriosa como ingenua, tan oscura como transparente. Fue natural, pienso ahora, que aquella vecindad espiritual convocara la física. Una mañana, sorpresivamente, levanté el auricular del teléfono en mi estudio y ahí estaba la voz ronca, siempre insinuante, de Carlota. "Regresé", dijo, "Más vieja, pero siempre dispuesta para ti." "Y yo para ti", contesté, sin pensar. Nos vimos esa misma tarde, por primera vez en cinco años. El paso del tiempo estaba en su rostro; también, sobre todo, en mi mirada. A sus cincuenta y seis años, Carlota seguía joven de peso, de atuendo, de gesto y de actitud. Había incurrido en su segunda o tercera cirugía, no recuerdo. Le habían endurecido los pechos, estirado el vientre y suavizado las facciones. Mantenía la cintura esbelta, los brazos y las piernas delgados, parejo el color de nuez obtenido del sol y el aire libre. No tuve trabajo alguno para entrar de nuevo en la zona eléctrica de nuestro trato, la zona de siempre a pesar de los años. Supongo que incurrí en caricias prestadas de Cecilia, porque al final de nuestro encuentro, Carlota dijo: "Acusas todos los síntomas de tener novia joven." No hice comentarios pero entendí que el suyo probaba de algún modo la continuidad de nuestra pertenencia. Acepté la dicha de tenerla de nuevo junto con la certidumbre de que, a partir de aquella tarde, no repartiría mi tiempo entre dos sino entre tres mujeres, perspectiva extenuante que llenó de omnipotencias juveniles mis huesos renovados. Dejé de ir al instituto el horario completo para pasar más tiempo con Cecilia y Carlota, cuya frecuentación reducía el dedicado a María Angélica y a mis tareas académicas. María Angélica dijo algo sobre mis ausencias intelectuales, como si reprochara las físicas, pero las físicas, lejos de disminuir, habían aumentado y había poco piso convencional a su sospecha de mi infidelidad, la cual me hacía desearla más que nunca, aunque pasara menos tiempo con ella.

»Veía a Carlota una o dos veces a la semana para comer o cenar en su casa; recibía a María Angélica una o dos noches en la mía, casi siempre los fines de semana en que podía dejar a sus hijos con Matute. Con frecuencia salíamos juntos de la ciudad. Cecilia era imprevisible, pero constante. Me asaltaba en mi casa por las tardes o en mi cubículo por la mañana. Casi siempre quería seguir a comer o ir a un centro nocturno que no debía perderme. Me gustaba Cecilia pero me fastidiaba su entorno, del que se había apartado Vigil, casado prematuramente con una mujer que corrigió sus hábitos sin mejorar su vida. La dejó pronto para salir a la intemperie de la que no regresó. Almorzaba con Cecilia o salíamos de copas por la noche, y yo bebía entonces tanto como ella. Así, normalmente, lo que había empezado en amores por la mañana o en la tarde terminaba en amores por la tarde o la noche. De modo que tenía mujer todos los días; a veces, por fortuna pocas veces, dos veces cada día. No me quedaban bríos para otra cosa que leer novelas, de preferencia intimistas, pero tampoco me importaba. Gozaba aquella vagancia de ánimo laxo atento a la ocasión amorosa con su secuela de pereza y suspensión del mundo, quiero decir: el mundo de la investigación al que me había entregado como quien funda una iglesia de consumo personal. Los credos de aquella iglesia parecían desdibujados, remotos. Mi vida crecía en un lugar contiguo pero infinitamente distinto del que había elegido hasta entonces. Una tarde, en un descanso de aquel remolino, me descubrí hablando por teléfono con Regina Grediaga para invitarla a tomar una copa. La buscaba por primera vez desde nuestra separación, la encontré tan dispuesta como si ella me hubiera buscado. Seguía venturosamente casada, tenía un amante y cinco hijos, el mayor de los cuales había entrado a la Universidad. Se conservaba delgada, lánguida, irresistiblemente hermosa para mí, que amaba en ella menos a una mujer que un arquetipo, el arquetipo de la mujer perdida. Amaba en Regina lo que no pudo ser. Ella, por su parte, había ganado sentido práctico y humor de mujer hecha. Se sometía a sus esclavitudes conyugales sin renunciar a los sueños de su cuerpo ni a los lugares secretos de su independencia. Solíamos vernos al mediodía en un hotel donde almorzábamos juntos. Nos metíamos en la cama hasta caer la noche. “Hechas todas las cuentas”, me dijo una vez, “a nadie he querido más tiempo que a ti.” “Lo mismo digo”, respondí, y los dos decíamos la verdad. Seguimos viéndonos de cuando en cuando, cada tres semanas primero, luego cada quince días, hasta que me encontré preparando en mi agenda nuestro encuentro de cada semana, cuidando que nuestras horas no tuvieran rival en las otras que eran también ya parte obligada de mis días.

»Para completar el torbellino, me faltaba una sorpresa, pero esa se la contaré en nuestra siguiente comida. Me doy cuenta al contarle de que la vida transcurre más despacio que sus cuentos. Narrar, si algo, es quitar el tiempo muerto de la vida. Tome su turno ahora. Cuénteme las cosas de la República.»

No hay en mis cuadernos el registro del tiempo muerto al que aludía Adriano, sólo de su siguiente andanada narrativa. Adivino en mi caligrafía de esa ocasión una vivacidad de más, hija de los coñacs de sobremesa y de la prisa del enigma por encontrar su fin. Según mis transcripciones, limpiadas aquí de otros temas, Adriano siguió su historia con un inesperado circunloquio. Dijo:

—Asunto de historiadores es aburrirse en congresos y simposios oyendo a los colegas repetir los hallazgos de su especialidad. Yo era un adicto a esas convenciones de la repetición, reconocía en ellas algo humilde y profundo sobre la verdad de la historia. A saber, que es imposible descubrirla. Conviene dedicarse a ella como se dedican las hormigas al hormiguero, confiando en que la actividad se explica por sí misma y que todo responde a un designio mayor, cuyo sentido se nos escapa. Acudía a esos simposios con humilde orgullo de artesano, a repetir algunas variantes de mis hallazgos, a oír las reiteraciones de otros sobre los suyos. Siendo todavía muy joven, en mi primer simposio de historiador profesional, oí a una joven doctora de la Universidad de Texas resumir su tesis doctoral sobre la movilización agraria de

México en las guerras de independencia. Era mayor que yo quince años. Durante los siguientes treinta, todo lo que supe de ella, simposio tras simposio, fue que se hacía vieja añadiendo información al mismo tema de su tesis doctoral. Murió como la experta mayor en la materia. Sus conclusiones fueron revisadas, en gran medida destruidas, por la investigación sobre el mismo tema de un alumno suyo, su asistente, que dedicó dos décadas a completar y corregir el tema de su maestra inolvidable. Los dos tenían razón o no la tenían en absoluto: sus vidas habían tenido el sentido de alcanzar juntos ese conocimiento y de contradecirse y no alcanzarlo. Al separarme de ella, Ana Segovia empezaba a padecer aquel destino profesional con la ampliación interminable de su primer asunto historiográfico: la historia de la efigie de la Virgen de Guadalupe. Andaba en el tercer reinicio de su investigación sobre el tema, ampliado ahora al arte pictórico religioso de las dos orillas, América y España. Buscaba el origen de la virgen morena mexicana en la técnicas de los pintores anónimos que habían llenado de vírgenes moras la España de la reconquista, en particular algunas capillas extremeñas, tierra de nuestros conquistadores. Luego de evitarla minuciosamente casi cuatro años, injustamente saturado de mi vida con ella, me la topé en uno de aquellos simposios. Nos cruzamos al entrar a la cena del primer día. El azar quiso que esperáramos juntos unos minutos la asignación de nuestros lugares. Ana despedía una exquisita fragancia de limón, usaba unos zapatos altos que arqueaban sus pies y mejoraban sus piernas. Se le habían hecho unas bolsas pequeñas bajo los ojos, su frente parecía más amplia, su boca más grande, sus dientes menos blancos. De pronto, envuelto en la fragancia de limón, volví a verla simplemente como era, como si nada supiera de ella ni la vida hubiera gastado lo nuestro. Al terminar la cena, la busqué en el bar del hotel donde se hospedaba. Me hice el turista casual hasta que di con ella: "Te estaba buscando", le dije. "Tenemos que hablar." "Hablar es mi especialidad", respondió Ana. "Junto con los historiadores maduros y los curas renegados." Nos sentamos en un rincón del bar y hablamos como si no nos conociéramos. Se había casado con un industrial de la cerveza, hijo de un emigrante gallego. Tenía dos hijos y una hostilidad fratricida contra María Angélica, su amiga y sucesora. "No la culpes a ella, cúlpame a mí", le dije. "La culpo a ella porque a ti no puedo odiarte", me dijo. "No sé por qué, pero quedaste a salvo de ese sentimiento." "¿Es decir?", pregunté. "Es decir, que en materia de amores, como tú dices, siempre hay alguien que anda corto y alguien largo", dijo Ana. Añadió: "Te recuerdo que no fui yo quien se fue de nuestra vida juntos. De hecho, no me he ido. Simplemente me casé con otro." Pasamos esa noche en mi cuarto de hotel y lo que faltaba del congreso aturdidos por el reencuentro. Nuestros cuerpos habían aprendido en otros cosas distintas de las que sabían hacer juntos. Había una extraña novedad en la restitución del hábito de querernos. Fue una sorpresa y una revelación. Al separarnos en el aeropuerto, Ana me dijo: "Voy a proceder en esto como si no hubiera sucedido, como si se tratara de un sueño. Si no fue así, desmiénteme con tu siguiente llamada. Si me llamas, yo iré a buscarte para seguir soñando."

«La noche de mi llegada tenía en la contestadora telefónica llamados de María Angélica y Carlota para cenar. Había también un mensaje de Regina, reprochando mi abandono. Pero nadie estaba en mi ánimo salvo Ana Segovia, a la que había expulsado por años, sin razón alguna, como a una enemiga, de mi vida. Me eché en la cama boca arriba a pensar en ella. Pero a la hora de marcar el teléfonono no la llamé a ella, sino a Cecilia Miramón, a quién hallé dispuesta a perderse conmigo en una noche de rumba. A la mañana siguiente llamé a Regina, a María Angélica y a Carlota, pero sólo quería oír la voz de Ana. La llamé también. Cuando vino al teléfono me brincó el corazón. Pensé que su marido la habría tenido aquella noche. Tuve la especie de celos que describe Spinoza, el odio por las humedades de otro en la mujer que amamos. Pasé la mañana odiando al marido de Ana, imaginándola desnuda, abierta para él en su lecho utilitario. Después, el mundo se aclaró, la evidencia de mis compromisos se me vino encima. Tenía que ver a María Angélica, dormir con Carlota, citarme con Regina, dejarme atacar por Cecilia y reincidir en Ana. El cielo se había llenado de estrellas y yo no tenía tiempo para mirarlas una por una. Era el mes de febrero, empezaba el año que yo llamo de la dicha mayor. Aquel año, en distintos tiempos, con distintos ritmos, tuve a la vez a todas las mujeres de mi vida. Todas y cada una, las cinco, una tras otra y de regreso. Nunca las quise tanto como cuando las tuve a la vez. Quiero decir: cada vez a cada una.

»Yo tenía entonces cuarenta y seis años, Carlota Besares cincuenta y seis, Regina cuarenta y cuatro, María Angélica treinta y siete, lo mismo que Ana. Cecilia Miramón tenía veintiséis. Por ahí tengo el cuadernillo con mi diario de aquellos meses. Me avergüenza su materia porque no es sino un registro envanecido de mis días fornicarios, una bitácora de presunción adolescente. Debo decir que consignaba aquellos hechos llevado por la sorpresa más que por la vanidad. Tampoco me quedaban energías intelectuales para escribir otra cosa. Había perdido el rumbo del camino al que había dedicado mi vida. Quizás, pienso ahora, lo había encontrado porque el hecho es que, en medio de la culpa constante de no leer, no estudiar, no anotar, no escribir, venía el barco ebrio del placer, el barco de la dicha terrenal, hecha de saciedad y extravío. Fue mi año dionisiaco en el sentido pobre del término. No hubo nada divino en él y nada quedó del ejercicio de sus misterios, salvo la molicie gozosa y el espíritu húmedo, rendido a los mandatos de las vísceras, las maravillosas vísceras que secretan sin pensar, pidiendo siempre más de aquello que las sacia y las lastima.

»Pasaba los fines de semana con María Angélica en su pequeña finca de campo. Era mi remanso. Los lunes por la noche eran para Carlota con una regularidad que lejos de adocenar hacía único nuestro encuentro. Los horarios de la casa de Regina Grediaga dejaban sólo el mediodía del miércoles para nuestro encuentro. Nos escondíamos del mundo en el penthouse de un hotel de moda al que llegábamos y del que salíamos separados por razonables intervalos de tiempo. La reincidencia con Ana tuvo una especie de avidez adúltera. La veía por las mañanas, a la hora en que hacen el amor las mujeres casadas que atienden su casa, con hijos y marido. Nuestro horario se cruzaba con las irrupciones matutinas de Cecilia Miramón, que me asaltaba en el cubículo, una hora después de mi encuentro con Ana. Trabajaba esos días doble jornada sexual. El exceso era un rejuvenecimiento, henchía mi vanidad, pero me dejaba vacío de todo propósito que no fuese alguna otra forma de rito sensual, como beber o comer, abandonarme a la contemplación de lo inocuo, caminar por el bosque de Tlalpan, escudriñar su flora, alimentar sus ardillas, cuidar mis uñas con una manicurista, elegir minuciosamente la corbata. Me aficioné entonces, como dije, a la lectura de novelas, me volví adicto al cine, a las compras y a las revistas del corazón. Eran todas páginas del libro analfabeto del placer, el libro de la vida gozosa. Me acostaba tarde y me levantaba tarde, asunto por completo ajeno a mis hábitos, y no había en mi cabeza sino el cuerpo de mis mujeres bañado por la memoria de sus detalles, sus posturas, sus gemidos, sus palabras. La memoria incitaba la lujuria, lo mismo que el vino frecuente, la variedad de los cuerpos y la miseria de los sentimientos. Estar con Ana inducía perversamente la búsqueda de María Angélica, a quien Ana odiaba tan intensamente como la odiaba María Angélica y por la misma razón, o sea yo. Según Ana, María Angélica la había traicionado como amiga quedándose conmigo. Según María Angélica, la sombra rencorosa de Ana me impedía establecer con ella el matrimonio normal que deseaba. Aquella repulsión mutua las volvía atractivas alternativamente para mis bajos instintos, tan diferentes de lo que hubiera pensado nunca sobre la complejidad de los sentimientos. La rivalidad de una me echaba en brazos de la otra. Pronto descubrí que era casi siempre después de estar con alguna de ellas cuando sentía necesidad de Regina Grediaga. Regina preguntaba despectivamente por Ana y por María Angélica. Las tres me hacían sentir su celo por las otras, codicia que encendía triangularmente mi deseo por ellas. Ana y Regina sabían de mi relación estable con María Angélica y se las ingeniaban para hacerle sentir su presencia irregular. María Angélica desconocía mi recaída en Ana y mis citas con Regina, pero los recados telefónicos de una y otra dejados en el instituto o en mi casa, terrenos de María Angélica, eran demasiado públicos para ser inocentes.

»Carlota y Cecilia vivían en un mundo aparte. No peleaban entre ellas por mi exclusividad, ni con las otras. Carlota era confidente de mis amores, una liturgia de pleno derecho, anterior a todos ellos. En su cama habíamos hablado de todas las apariciones y las pérdidas, con la única excepción de mi recaída en Ana Segovia, que le ocultaba a Carlota por amor propio, pues le había hablado demasiado mal de Ana. A Cecilia nada había que contarle, porque nada buscaba saber, sólo quería tomar el botín del momento, no ser su propietaria. Sabía de mi relación con María Angélica y daba por descontada la existencia de otros amores, en cuya evolución mostraba un interés secundario, como el médico en los síntomas de una enfermedad trivial. Carlota era mi madre concubina, indulgente hasta la complicidad; Cecilia mi hija transgresora, cómplice hasta la indiferencia. Más allá de la vanidad del narciso mirándose en los ojos de sus mujeres, el paso de un estanque a otro no carecía de rigor pedagógico. Por una parte, íbamos envejeciendo juntos. Las conocí jóvenes y no las dejé de ver muchos años seguidos. No envejecieron para mí con esa inmediatez de lo viejo que tienen las fotos. Usted se va acostumbrando a los cambios del rostro, que son los cambios del tiempo, y sigue viendo en esas facciones apenas cambiadas la misma traza del momento primero, la misma mujer de veinte años tras el rostro de la mujer de cuarenta, del mismo modo que ve en el espejo al mismo joven de dieciocho tras las arrugas del viejo de sesenta. Por otra parte, íbamos envejeciendo diferencialmente. Carlota había sido una fragante mujer de treinta años cuando la conocí y era una alegre cincuentona que se acercaba delgada y sin complejos a los sesenta. Mi novia adolescente, Regina Grediaga, era tan joven o tan vieja como yo mismo, que caminaba al medio siglo. Ana y María Angélica veían enfrente la raya de los cuarenta, amenazante como el cargamento de arrugas que iba echando sobre sus rostros el espejo. Cecilia no era ya la estudiante anárquica que se había echado sobre mí en una fiesta, sino una mujer joven acechada por los primeros fantasmas del alcohol. La diferencia de sus edades era una enseñanza sobre los rigores del tiempo. Veía en Carlota las debilidades del cuerpo que acabarían teniendo las otras. La imprudencia de mis movimientos amorosos la lastimaba a veces donde antes la enloquecía. La rapidez de las glándulas y la dureza de los tejidos de Cecilia desafiaban mi resistencia; sus movimientos exigentes podían a su vez lastimarme en un pronto de amores imperiosos. Cecilia se me colgó un día del cuello y me echó las piernas a la cadera para que la penetrara cargándola. Al terminar, tenía una lesión en la espalda de la que no me he repuesto cabalmente. Un día me dijo: "Te habrás dado cuenta de que de un tiempo a la fecha me haces el amor con los calcetines puestos." "¿De cuánto tiempo a la fecha?", pregunté. "Unos seis meses", me dijo. Sentí ese día que la edad me había alcanzado, mejor dicho, que yo había alcanzado la edad en que todas las cosas empiezan a suceder por primera vez. Esos detalles aparte, como he dicho, aquel año tan ajeno a los hábitos de mi vida califica sin competencia alguna como el de la dicha mayor. Acaso porque era otro el que parecía vivirlo, porque en ese aluvión de las cosas juntas pude dejar de ser yo y fui otro, inesperado, sorprendente, sin misiones excesivas que cumplir ni el desánimo de no haberlas cumplido. No puedo contar aquellos meses sino por las entradas del cuaderno que registra fechas y situaciones. No registra lo esencial porque la felicidad no tiene la buena memoria de la desdicha, es un estado de suspensión que no sabe describirse, no tiene palabras ni historia, sólo suspiros, risas, inocencia, plenitud. Aquel año fue el momento mayor, sin rival, de mi historia. Ahora bien, como muestra la historia, el momento de la mayor altura de las cosas es también el principio del descenso, el punto inicial de la caída. Como en la historia del imperio romano, en mi imperio polígamo la decadencia fue más larga y en algún sentido más grandiosa que su momento estelar.

»Pero se ha hecho tarde. Empezaré a contarle la caída de mi imperio en nuestra siguiente comida. Ahora conviene que yo vuelva a mis libros y usted a su periódico, el cual ojalá se venda poco mañana: será un indicio de que nada grave le ha sucedido a nadie, cosa que no es noticia pero que tampoco está mal, para tratarse de un día cualquiera del siglo XX.»

En la semana siguiente a nuestra comida, Adriano tuvo una gripe invernal que se complicó hasta los diapasones de la neumonía. Fue como si al llegar al clímax de su narración llegara también a un clímax de su vida. Recibí una llamada de Gildardo, el chofer, confiándome la situación de su amo —palabra que nada y todo dice de la relación entre ambos—. No tenía a quién más acudir, me dijo, y agregó, misteriosamente:

—La Doñita está de viaje, no hay quien lo atienda.

Decidí que lo internaran en un hospital privado. Llegó inconsciente a la sala de terapia intensiva. Durmió entre tubos y sondas hasta que abrió los ojos fatigados dos días después de farfullar fiebres, apariciones y conjuros. Convaleció una semana en el hospital, sin más visitas que la mía y la custodia fiel de Gildardo. En una de mis visitas pregunté por la misteriosa identidad de La Doñita.

—Es la señora Cecilia, que lo visita cada semana y ordena la biblioteca —respondió Gildardo.

—¿Cecilia Miramón? —pregunté.

—Desconozco su apellido —dijo Gildardo—. Para nosotros es la señora Cecilia y le nombran en la casa La Doñita.

—¿Quién la nombra?

—La señora Águeda chica—dijo Gildardo.

—¿ Y quién es la señora Águeda chica?

—El ama de llaves de don Adriano —explicó Gildardo—. Cuando yo llegué ya estaba. Su madre había estado antes con don Adriano, creo, desde que murió su tía en el año de la canica.

Cuando lo dieron de alta, fui a visitarlo a su casa. Había estado en su biblioteca portentosa un día que nos reunió a sus alumnos para consultar ahí libros que no había en la Universidad. En aquellos lejanos tiempos, su casa era una mansión renovada en sus maderas y su fachada, con un aire patricio puesto juguetonamente al día. Ahora era una mansión vieja de paredes grietosas y maderas estriadas. Había una hilera de macetones con flores secas en el corredor de la entrada. En la biblioteca, ordenada años atrás, había pilas de libros en el suelo, rastro de indolencia más que de bibliomanía. Las rinconeras atestadas de expedientes viejos y el vestigio resinoso de puros fumados concienzudamente, hacían que la casa oliera a descuido, a casino español, a ciudad de principios de siglo.

Adriano estaba sentado en un sillón de su estudio, con un libro sobre las piernas, mirando al jardín de rosales apagados cuyo único lujo era una enorme araucaria por cuyas ramas simétricas trepaba una bugambilia. Tenía la mirada fija, vidriosa, fatigada, con una vejez que no había visto antes en sus ojos.

—Me arrastró pero no me llevó —dijo, con sonrisa forzada—. En todo caso, el asunto es menos grave de lo que me había imaginado.

Debí poner cara de no entender porque Adriano aclaró:

—Me refiero al asunto de morirse. Llevo todos los días de mi convalecencia tratando de recordar algo de los días que estuve inconsciente. No recuerdo nada. No hay una sola huella de angustia o dolor. Podría estar muerto ahora. Habría sido un tránsito limpio, sin un rastro de sufrimiento. Quizá he perdido una oportunidad —sonrió—. No me entienda mal: agradezco enormemente su oportuna decisión de hospitalizarme y todas sus atenciones. Le debo la vida, no estoy listo para irme todavía. Pero he aprendido algo aquí: lo temible no es la muerte, sino la enfermedad. Hay que pedir a los dioses una vida larga o corta pero una muerte súbita.

Dijo eso y tragó un sofoco. Entendí que estaba todavía en una línea frágil, haciendo un esfuerzo desmesurado para atender mi visita. Le dejé los libros que llevaba y me despedí, prometiendo que llamaría. Al pasar por la cocina, rumbo a la calle, vi a la mujer que Gildardo llamaba Águeda chica. Era tan vieja como Adriano. Estaba sentada en una mesa frente a la estufa, con la mirada igual de lejana y vidriosa que el dueño de casa. Era la hija de su nana, bautizada así en memoria de la tía de Adriano. Habían crecido juntos hasta que Águeda chica se fugó con el novio al bordear sus dieciocho años. Regresó mujer madura, sin hijos ni novio ni memoria de lo que había sucedido con los años frescos de su vida. Su madre había muerto en su ausencia. Como si la penara por omisión, Águeda chica se radicó unos años en el servicio de Adriano. Volvió a irse después, al cruzar los treinta años, con una nueva aventura. Regresó con un hijo enfermo de polio que no podía estarse quieto y murió despeñado del techo de la casa de Adriano en la época en que cambiaban la teja del altillo y él quiso subir por la escalera para raspar, cementar y empotrar las tejas como los albañiles que caminaban por las alturas. Águeda chica penó esa nueva muerte y volvió a irse, ya mujer madura, con otro amor sin nombre que se le cruzó en el camino. Volvió sola otra vez, también sin decir palabra, con una cicatriz en el hombro que se pensó siempre herencia de algún pleito con su amor tardío. Sentó sus reales finalmente en el servicio de Adriano, inútil y silenciosa, tal como habían sido según Gildardo sus aventuras y su vida, cosas que, bien pensadas, vienen finalmente a ser lo mismo: las aventuras y la vida.

Las versiones rivales de Gildardo sobre Águeda chica fueron confirmadas por Adriano semanas después, cuando escuché su voz nuevamente fresca por el teléfono. Creí conveniente visitarlo de nuevo. Me invitó a comer en su estudio, más ordenado y luminoso ahora, lo mismo que su atuendo y su mirada. Había envejecido, no sé cómo decirlo, para bien. Ahora era un anciano pleno, sin la gota de juventud rebelde que había hasta entonces en sus setenta y dos años. Parecía un viejo en paz con sus años viejos, más tersas sus canas, más pausada su voz, más irónica y libre del culto de sí mismo su memoria.

—Si no me equivoco —dijo—, tenemos una historia a medio contar.

—Así es —respondí.

—Para estas cosas hacen falta dos —siguió Adriano—. Por mi parte le digo que yo quiero acabar de contar la historia. Le pregunto si usted quiere terminar de oírla.

Asentí, desde luego. Adriano hizo una disquisición sobre los viejos como narradores compulsivos, la verdadera tribu de aquellos a quienes les va la vida en contar porque su vida se reduce poco a poco a ello. Luego de ese circunloquio, reinició su historia.

—Creo haberle dicho que en esto de mis mujeres, como todo en la vida, apenas toqué la cima empezó a caída.

—Eso me dijo, aunque mejor trovado —acepté.

—Mejor trovado, pero lo mismo. El tema es este: si los hilos de algo pueden cruzarse, tarde o temprano habrá un nudo. De los cinco hilos de mis mujeres, dos iban por fuera, sin posibilidad de cruzarse con los otros ni entre sí. Me refiero a los hilos de Carlota y Cecilia Miramón. Pero los otros tres hilos iban compitiendo en el mismo carril. Terminaron enredándose. El pleito por el amor es un pleito por la exclusividad. Es un asunto de juventud posesiva. Mis mujeres y yo estábamos lejos de ser jóvenes, pero el amor rejuvenece y es parte de su juventud enredarse y pelear. El pleito por mi exclusividad fue un asunto de Ana, de Regina y de María Angélica, un pleito nacido, como siempre, más de los impulsos que de los derechos. Salvo María Angélica, que mantenía conmigo una especie de matrimonio con domicilios separados, las otras tenían todas campamento aparte: Ana y Regina tenían marido, hijos y casa; Carlota y Cecilia, tenían libertad sin límites y juegos sin centinela. Irónicamente, como siempre, la cadena de aquella plenitud empezó a romperse por el eslabón que parecía más seguro. Fue la furia de María Angélica la que agrietó la pirámide. Curiosas las reglas de la transgresión, tan sutiles y tan costosas. No era escandaloso que alguien me viera comiendo con María Angélica en un lugar de moda, era parte de mi rutina. Fue intolerable en cambio que un día me vieran salir del hotel con Regina Grediaga dos amigas comunes de Ana y María Angélica. Fue la única vez que salí junto con Regina del hotel, de su brazo, celebrando supongo la continuidad de nuestros amores. Esa única vez estuvieron sentadas, una en el lobby y otra en el bar, dos amigas de Ana y María Angélica. Eran suficientemente amigas para saber la historia de Regina, la intrusa del pasado, la prueba mayor de mi mal gusto y mi inconfiabilidad. Fueron suficientemente enemigas para, en nombre de la amistad, decirles a sus amigas lo que habían visto. El tóxico actuó de inmediato. "Te vieron con tu novia la vieja", me dijo María Angélica la noche siguiente en que cenamos. María Angélica era más joven que Regina y podía llamarla vieja, pero como yo veía a Regina joven creí que María Angélica hablaba de Carlota. Negué rotundamente el hecho, con certidumbres que en vez de tranquilizarla, la agraviaron. "Te vieron", porfió y yo porfié: "Mientes y te mienten." María Angélica dio paso entonces a la descripción precisa del lugar, la hora, el vestido de Regina, mi propio atuendo. Cuando entendí mi error, estaba sepultado por el alud de sus verdades. Regina había dejado suficientes indicios de nuestra ronda amorosa para que María Angélica la sintiera desde tiempo atrás merodeando su gallinero. Yo había negado aquella ronda tantas veces como sospechas había tenido María Angélica. Mi mentira de ahora probaba las mentiras de antes. De un solo golpe, el rosario de mentiras resultó demasiado grande para pagarlo en una sola exhibición. "No quiero volverte a ver en un buen tiempo", dijo María Angélica. "Y me asumo, desde ahora, desligada de ti." Fue el primer desgajamiento. Me perturbó su partida, fue más amarga aún porque se daba en medio de mi exhibición como un charlatán. No me sentía infiel ni charlatán por el hecho de ocultar a mis mujeres la existencia de las otras. Yo lo justificaba dentro de mí como un acto de cortesía. La moral de la infidelidad es la discreción. Querer a una no me hacía querer menos a la otra y en un sentido no las engañaba dando a otras lo que no podía dar sólo a una. Ninguna, salvo María Angélica, me daba su amor en exclusiva. Yo no lo exigía de ninguna. Nadie tocaba el tema, pero todos sabíamos que en nuestros amores estaban presentes al menos cuatro personas, como quería Freud, pero de un modo literal, cada una de ellas y yo, y sus maridos y sus amantes. Todo esto es confuso, pero era abrumadoramente real; también, a su manera, de una transparencia perfecta. La ruptura de María Angélica rompió la premisa en que estaba fundado todo el silogismo de mi imperio polígamo. Esa premisa era: si nadie se da en exclusiva, nadie ha de reclamar exclusividad. María Angélica partía de otro lado: vivía solamente para mí y me quería sólo para ella, lo cual, tratándose de un historiador que peinaba canas y escribía libros de temas antiguos, no parecía demasiado pedir. El rechazo de María Angélica me quitó la sangre fría, la buena conciencia para lidiar con las exigencias de mi circo. De pronto, tuve miedo de perderlo todo, y empecé a asegurar lo que quedaba sin asegurarme primero de que estuviera inseguro. El pecado de los inteligentes es pasarse de listos. Cuando a la semana siguiente Ana Segovia tronó frente a mí porque su amiga me había visto salir del hotel con Regina, pensé que podría contentarla de mi infidelidad con Regina contándole que eso había provocado ya mi ruptura con María Angélica. Fue un error fatal. Ana odiaba a María Angélica porque la había traicionado como amiga, pero no estaba celosa de ella. La vivía como una resignación de mi edad. Había aceptado su existencia en la categoría de premio de consolación. Ignoraba en cambio mi relación con Regina, que había sido siempre su fantasma, el enigma pendiente, la mujer a la que yo había querido hasta el punto de haberme instalado por años, cuando la perdí, en la vecindad tentadora del suicidio. Sabía de mi relación con María Angélica. Lo de Regina, en cambio, era una novedad para ella. Aceptar la existencia de Regina para anunciarle mi ruptura con María Angélica, lejos de tranquilizarla por la vía de la venganza, la enervó por saberse engañada y oírlo de mis labios. Lo de María Angélica era una afrenta asumida, lo de Regina una infidelidad nueva. Salió de mi casa dando un portazo. No volví a saber de ella hasta que respondió mi enésima llamada telefónica con un énfasis insuperable de mujer airada ante las cámaras de una telenovela. Dijo: "No sé quien es usted, ni sé qué pretende llamándome. Si persiste en su intento, tendré que informarlo a mi marido." Me reí un largo rato con su salida. Me dije luego, con angustia de propietario: "De las cinco que tenía, nada más me quedan tres." Luego, con orgullo de macho herido, parafraseé a aquel general idiota. Me dije: "Volverán". Luego puse en práctica la estrategia sugerida por un escritor mexicano, Jorge Ibargüengoitia, para hacer frente a una situación desesperada: me serví un whisky y esperé un milagro.

«No fue un milagro lo que siguió, sino una aberración. Supe en aquellos días, por la vía siempre dura de los hechos, que María Angélica tampoco había honrado sus pretensiones de exclusividad. En el vaivén de sus dudas por los síntomas de mi pluralidad amorosa, llamémosla así ahora que estoy viejo y usted escucha sin inquina, había buscado su compensación en el más duro lugar donde podía hallarla. Me cuesta decir esto y decírselo a usted, aunque todo mundo lo supo en su tiempo. Se acordará usted de mis querellas intelectuales con Galio Bermúdez.»

—Me acuerdo —dije.

—Bueno, pues María Angélica no tuvo mejor idea que engañarme con él.

La revelación de Adriano me completó un cuadro de época. Galio Bermúdez y Adriano Alemán se habían pasado décadas peleando aquí y allá, por una cosa y por otra, hasta representar para distintas generaciones dos polos antagónicos de la cultura y la vida pública del país. Galio Bermúdez era un filósofo alcohólico, durante un tiempo asesor del gobierno, cuya inteligencia provocadora solía irritar a Adriano. Frente a algunas reflexiones históricas de Galio esparcidas al pasar en sus colaboraciones con diarios y revistas, Adriano abandonaba su proclamada indiferencia ante el barullo de la prensa, y respondía a los artículos de Galio, que se prodigaba sin recato en el ágora, con elocuencia y brillo comparables sólo a la impopularidad de sus opiniones. Aquella rivalidad había producido una de las grandes polémicas intelectuales del país, con Adriano señalando la herencia monárquica colonial de la vida política mexicana y la urgencia de salir de ella, mientras Galio apuntaba la conveniencia de reconocer y utilizar aquella herencia, ya que era imposible cambiarla, para gobernar el país según sus costumbres autoritarias efectivas. Desde el fondo de sus libros antiguos, Adriano quería la modernidad, el cambio de la historia profunda de México. Desde la piel enervada de sus artículos periodísticos, Galio desnudaba las utopías fantasiosas del cambio mostrando las inercias reales que el país llevaba en la espalda. Desde la historia vieja, Adriano soñaba con el cambio. Desde el presente deforme, Galio invitaba a no tomar atajos y a respetar la tradición. Uno era monje de cubículo, alérgico a la vida pública y sus instrumentos, empezando por la prensa. El otro era un vividor del mundo, harto de la pureza y de las ideas sin riesgo, adicto a la turbia aleación de cada día. Adriano desconfiaba de la luz pública, Galio se desvestía sin rubor alguno frente a sus lectores. Como estudiantes habíamos acudido a aquel duelo de décadas con fascinación y encono, dividiéndonos en bandos según sus argumentos. La revelación de Adriano me completaba el cuadro de esa rivalidad en el ámbito de la vida privada y la volvía, de algún modo, esférica, perfecta.

—Digo engañar —siguió Adriano—, pero engañar es una palabra que describe mal los hechos. Primero, yo había sentido la ronda de Galio sobre María Angélica, igual que ella la de Regina y Ana sobre mí. Siendo estudiante, María Angélica había tenido un affaire con Galio, su maestro, del que había salido huyendo como de un manicomio. La huella había quedado en ella, sin embargo, y Galio se acercaba a tentarla de cuando en cuando, oliendo la posibilidad de reanudar aquella asignatura pendiente. Yo le había hecho a María Angélica por lo menos una escena de celos a propósito de aquellas rondas. Ella había negado la verdad de mis sospechas. Pero yo sabía que María Angélica era la mujer adecuada para despeñarse en Galio. Era un lago tranquilo que pedía a gritos una tormenta. Había tenido un chubasco la primera vez y tuvo el ciclón completo en el año de mi dicha mayor que fue para ella una desdicha. Sus pérdidas por aquella reincidencia con Galio llegaron hasta mi propio patio, la tormenta me barrió también a mí. Empezando porque María Angélica no me ocultó nada. Una vez que rompió nuestra alianza, paseó frente a mí sus amores con Galio como si me arrojara huevos podridos al rostro, haciéndome sentir un astado de gran tarde, digamos, en La Maestranza de Sevilla. Los paseíllos de María Angélica con Galio desbarataron mi moral polígama y facilitaron el derrumbe en los otros frentes. Es verdad como dice que los males no vienen solos, sino en rachas, lo mismo que la melancolía. Así conmigo aquella temporada, distintos hechos adversos se acumularon en el horizonte como autorizados por la depresión de perder a quien juzgaba la más segura de mis mujeres. Ya le conté mi error de aceptar frente a Ana Segovia que Regina era la causa de mi ruptura con María Angélica, y la salida teatral que hizo Ana del elenco de mi dicha. Poco después de eso, las cosas terminaron de descomponerse también con Regina, con Carlota y con Cecilia. Fue un proceso fatal que puedo contarle en detalle siempre que Gildardo nos renueve el café y usted se sirva unos coñacs maduros, hoy que no debe volver al periódico y puede oír sin preocuparse de los hechos urgentes del día.

Le dije a Gildardo que nos renovara el café y Gildardo se lo dijo a Águeda chica. Siguiendo las instrucciones de Adriano, me serví un Armagnac maduro de una botella que había esperado por años en un librero del estudio. Era mi día libre, en efecto, había perdido por enésima vez a la mujer que amaba, no tenía nada que hacer y encontré un consuelo en escuchar las pérdidas de otro.

Durante siete armagnacs maduros (con lo que quiere decirse copas dobles, embarnecidas, barrigonas), desde el atardecer pajizo hasta la noche cerrada, escuché a Adriano contarme las pérdidas restantes de su imperio polígamo.

—La enfermedad es una forma del desamor —dijo Adriano—. Sólo la salud puede amar, sólo ella quiere fundirse y gastar sus energías en el otro. Es el combustible de eros. La enfermedad concentra al enfermo en su propio dolor, lo separa del mundo y de los otros, lo recluye en el infierno de sí mismo. La enfermedad apartaría de mí a Carlota; la salud, en cambio, se llevó a Cecilia Miramón. Empezaré por esta última. Al doblar sus treinta años, Cecilia tuvo la primera de sus grandes crisis alcohólicas. Como le he dicho, tomaba mucho y se jactaba de ello como un rasgo de su libertad. En realidad la tenía tomada el alcohol, era su prisionera. Al principio bebía con aires dionisiacos de fiesta, como una celebración de las potencias de la vida, como un desafío vital de sus límites. Después, como un hábito que por lo general se desbocaba y se iba más allá de lo previsto. En aquella segunda fase la recogí dos veces de la estación de policía, ebria y con delitos que pagar encima. En cualquier otro país habría pasado un tiempo en la cárcel. En el nuestro, salió libre a las veinticuatro horas con algún dinero y dos telefonazos. La primera de esa veces había subido su automóvil a las jardineras de una famosa glorieta de la ciudad, en cuyo centro había una gran fuente desde donde disparaba flechas imaginarias una hermosa Diana cazadora. Cecilia había entrado a la fuente, había subido a la estatua con el gato hidráulico del auto en la mano para destruir el arco y el perfil en bronce de la diosa. Abolló ambas cosas. La cosa no habría llegado a más si el patrullero que subió a bajarla de la fuente, después de la batalla con la diosa, hubiera procedido con menos confianza. Se acercó a Cecilia como a una borracha exhausta, porque la vio sentada en el agua de la fuente, a los pies de la estatua, efectivamente vacía por el esfuerzo, y quiso arrestarla tomándola del brazo. La furia macedónica volvió entonces al brazo de Cecilia, que asestó un tremendo mandoble lateral sobre el casco del policía, reventándole el oído. La recogí en la delegación esa noche con huellas de golpes por el arresto, el labio inferior roto, un pómulo macerado. Seguía riendo todavía bajo los efectos del alcohol cuando llegamos a la casa. Nada quiso sino más alcohol, antes de rendirse a la fatiga del día. Llevaba tomando y girando por la ciudad desde el almuerzo que habíamos tenido dos días atrás, donde bebió suficiente para dormir sin pensar hasta el día siguiente. La había dejado de hecho en su casa, en su cama, con un último gin en la mano. Se levantó poco después a perseguir la noche en compañía que no quise averiguar. Apenas recordaba lo que había hecho las últimas veinticuatro horas, los lugares donde había estado, su ataque general sobre la diosa de la fuente y sobre el policía. Cecilia bebía con encono, su despegue alcohólico era contagioso, tenía el sonido de la risa, el sabor fresco de la juventud. La zona sombría de su fiesta llegaba poco a poco bajo la forma del exceso. De pronto, a medio restaurante, estaba gritando a los cuatro vientos lo feliz que era o zapateando en la mesa unas peteneras de su invención. Su fase de decir sin tapujos lo que pensaba podía alcanzar dimensiones homéricas. Al salir de un coctel cuya única animación eran los despropósitos de la propia Cecilia, respondió a las miradas femeninas que atestiguaban nuestro paso con un dicterio memorable: "A mí lo borracha se me quita mañana, pero a ustedes lo frígidas, nunca." La segunda vez que tuve que rescatarla fue de una redada que me avergüenza recordar. La levantaron junto con un ramillete de mujeres por ejercer la prostitución callejera. En medio de su borrachera le dio por saber en carne propia lo que era venderse y despreciar al comprador. "No hay nada tan repugnante como un hombre que compra a una mujer", me dijo al salir de la comisaría, escupiendo a los lados en señal de su desprecio por el recinto. Vivía aquello como parte de su libertad, no como el principio de su esclavitud frente al alcohol. "Tengo tantas ganas de vivir que a veces quiero morirme", gritó una vez, desnuda, desde el balcón de mi casa. Estuvo a punto de caer al jardín, en uno de los brincos de su euforia. Poco después de mi pérdida de María Angélica acudí en rescate de Cecilia por tercera vez. Me llamó una amiga suya. La encontré en su departamento, inconsciente, bajo los efectos de lo que supuse una congestión alcohólica. La lavaron y la revivieron en el hospital. El médico me dijo que presentaba un cuadro de intoxicación múltiple no sólo alcohol, también cocaína, barbitúricos, somníferos, excitantes, antidepresivos. Tardó cuarenta horas en recobrar la conciencia. Tenía una cruda como un continente. Aun en esas condiciones su juventud resplandecía con cierta dignidad estoica, ennoblecida por el dolor. "No me quiero morir", dijo cuando me senté a su lado en la cama del hospital. Me preguntó si podía pagarle un tratamiento de desintoxicación. Se internó cinco semanas. Salió rubicunda, despintada y nueva. Le hice una comida de recepción aquí en la casa, sin un rastro de alcohol en la mesa. Ella fue por una botella de vino y la escanció para mí. No tomó una gota. "Voy a ser buena niña y a vivir mi vida buena", me dijo. Pregunté si la vida buena me incluía. "Más que a ninguno de los otros", me dijo. "Pero no en la misma forma que hasta ahora." "¿Es decir?", pregunté. "Todas mis relaciones amorosas han sido parte de mi enfermedad", dijo Cecilia, repitiendo la lección aprendida en la cura. "Unas deben terminar, otras deben encontrar su nuevo lugar en mi vida. Tengo que pensar todo de nuevo. Mejor dicho, tengo que sentirlo, en particular lo nuestro. No me has llevado al campo de batalla, más bien soy yo quien te llevó, pero has sido parte de la guerra y necesito apartarme de todo eso, al menos por un tiempo." Más contundente que sus palabras era su presencia. Había perdido las maneras húmedas y cachondas, asociadas en ella al alcohol y sus efectos. Junto con el alcohol, le habían secado la sensualidad. Donde hubo una mujer precoz había ahora una joven apagada, su espíritu estaba en paz pero su cuerpo había perdido el fuego de la fiesta. Me dijo al irse que me llamaría más que antes, porque necesitaba de mi memoria para reconstruir sus heridas de guerra. Entendí que me había devuelto al lugar de donde acaso no debió moverme, el lugar de su maestro protector, la encarnación venerable más que la tentación erótica de su lesión paterna. Así perdí entonces a Cecilia Miramón. Me asomé a verla marcharse desde el balcón. Al verla caminar de espaldas sobre la calle empedrada tuve resignación adulta de su cuerpo joven, limpio de sus demonios y de mí.

«Me refugié en Carlota y en la visita semanal de Regina, pero la falta de las otras le daba a las que quedaban un aire de escasez y a mi búsqueda de sus amores un tono de angustia que no ayuda a la fiesta amorosa. El amor es un asunto optimista, le gusta reír, cree en la abundancia de la vida. Su pérdida es todo lo contrario. Yo había tenido tres pérdidas distintas que, como la santísima trinidad, se condensaban en una sola calamidad del ánimo. Era como si me hubieran succionado la esperanza, como si me hubieran devuelto al lugar de la soledad elegida que al final de cuentas, salvo por esas mujeres, había sido mi vida. Quise bien a las que quedaron, las quise con gratitud, me ocupé de sus cosas con una aplicación supersticiosa, como sugiriendo a los hados que tomaran nota de mis afanes y tuvieran por mí la piedad que despiertan quienes cuidan su huerto. Pero los hados carecen de emociones; abundan en esa impasibilidad que se parece a la saña. En lugar de consuelo, enviaron dos fulminaciones. La primera sobre Carlota. Había acudido a la consulta sobre la segunda reconstrucción estética de sus pechos. Tenía de la primera unos pechos pequeños y morenos, de pezones erguidos, intocados por la maternidad y la lactancia. Con los años, en un cuerpo esbelto, de músculos firmes, sintió colgarse aquellas joyas: perdieron su contorno de manzana. Carlota quiso reconstruirlas y aun aumentarlas para ganar sobre las obras reductoras del tiempo no sólo juventud sino volumen. El médico encontró al palparla unas fibras enigmáticas que se resolvieron pronto en la evidencia de un cáncer de mama. Los médicos sugirieron la urgente extirpación del seno con la secuela radiológica del caso. La noche del día en que recibió ese diagnóstico, Carlota y yo cenamos en su casa sus guisos sibaritas. Tuvimos después nuestros amores. Con ninguna de mis mujeres, he de decirlo, la cama fue una fiesta tan fiesta como con Carlota. Al terminar trajo champaña y me contó su ida al consultorio como si hablara de otra gente. "Tengo que operarme", dijo. "Pero no me operaré. Prefiero morir ahora completa que vivir mutilada hasta los cien años. ¿Qué opinas?" "Te prefiero mutilada pero viva a los cien años", le dije. "Prefieres eso porque te acobarda la idea de la muerte", dijo. "A mí no. A mí me horroriza la idea de una vida inútil, mutilada." Le repetí la sentencia célebre de aquel escritor norteamericano: "Entre el dolor y la nada, prefiero el dolor." "Nada es preferible al dolor", dijo Carlota. "No voy a operarme. Nadie me va a cortar los senos, aunque me infeste de cáncer. Cuando empiece el dolor de verdad, escogeré la nada, como dice tu escritor. Quiero saber si me ayudarás en ese momento." "Te ayudaré en lo que quieras", dije, y no volvimos a hablar del tema. A la siguiente semana me anunció un viaje largo. Había ocho lugares del mundo que siempre había querido conocer. Quería conocerlos ya, uno tras otro, ahora que las nociones de "mañana" y "después" se le habían reducido. Me pidió que fuera con ella. Pequé entonces de la única cosa, la única, de la que me arrepiento en mi vida: me negué a acompañarla. Tenía conferencias acordadas, algún prólogo que entregar, alguna ceremonia académica. Tenía sobre todo, pienso ahora, miedo de Carlota enferma, de la muerte que iba ya caminando en ella. Miedo de ese pensamiento obsesivo, miedo de saberla indefensa, mortal. El hecho es que se fue de viaje. Fue como si la perdiera para siempre.

»Para ese momento estaba asustado con mis pérdidas, muerto de miedo, temblando en el rincón. Me preguntaba lo que se preguntan todos los que pierden algo: ¿por qué yo? ¿Quién me acosa? Tardé años en darme la respuesta correcta: nadie te acosa sino tus errores pasados, te toca a ti porque les toca a todos; nadie está a salvo de la adversidad y todos somos víctimas de nosotros mismos, aunque no sea sino por el hecho de envejecer, que nos hace vulnerables y acerca paso a paso el momento de la debilidad final, la debilidad hacia la cual conspira cada minuto de nuestra vida, cada uno de nuestros actos. La juventud es igual al tamaño de la negación de la propia muerte. La vejez es igual al reconocimiento de su cercanía. Refrendé entonces mi viejo alivio no sólo de asumirme mortal sino de poder decidir el momento de mi muerte. Cada noche, en medio de mis pérdidas, me echaba en la cama a preguntarme: ¿puedes soportar este dolor o es la hora de ponerle término? Curiosamentc, la certeza de que podía terminarlo todo en cualquier momento ampliaba mi capacidad de resistencia al dolor y a la pérdida, ponía las cosas más allá, me volvía en cierto sentido invulnerable. Saber que podía quitarme la vida me permitió seguir viviendo. Bajo beneficio de inventario, por decirlo así. Tenía nostalgias invencibles de María Angélica Navarro y de Ana Segovia. Cecilia me visitaba en sueños, ebria, disponible como antes, y la tenía como antes, sin los remordimientos de despertar todavía pegado a su cuerpo, diciéndome: "No te importa ella, te importas tú. Quisieras tenerla aun al precio de su vida." En los límites de aquellas pérdidas, en medio de los lamentos melancólicos por ellas, fue creciendo poco a poco, como una yerba entre las piedras, la idea, tan contraria a mi temperamento —estoico diría yo, otros dirían cobarde— de que podía hacer algo para recobrarlas. Podía no sólo penar la pérdida de mis mujeres, aceptar las decisiones adversas del destino, pagar mis errores. Podía también ganarlas de nuevo, imponer mis deseos, cobrarles algo de lo mucho que las había querido. En esas andaba, sacando fuerzas de flaqueza, rebotando luego de tocar fondo, cuando el fondo acabó de abrirse bajo mis pies. Y ese bajar al fondo fue que el marido de Regina, hasta entonces próspero, quebró de pronto, como un palo seco. Los acreedores se le vinieron encima, tuvo que dejar el país mientras su fortuna era confiscada, su casa embargada, sus cuentas bancarias congeladas. Durante un tiempo no pudo siquiera pagar los gastos de su familia. Regina era una mujer fantasiosa, irresistible en un sentido, pero económicamente inútil. Desconocía el trabajo y la autonomía, no sabía sino del reino de sus afectos y sus debilidades, a las que se entregaba con pasión de niña consentida, en busca de su propia dicha tiránica, impermeable a los mandatos de la realidad. Un viejo conocido mío del mundo abogadil fue el ejecutor del juicio contra el marido de Regina. Me acerqué a negociar con él para que dejara libre al menos una rendija de liquidez. Accedió a regañadientes y Regina pudo obtener de su marido lo necesario para no ahogarse del todo en la quiebra. Suficiente también para que su marido pudiera sacar a la familia del país y reunirse con ella fuera. "Yo no me voy", dijo Regina en un alarde. "Me ha engañado toda la vida. Me ha hecho vivir en un castillo de oropel como si fuera de oro." Mandó a sus hijos solos y, con el pretexto de seguir de cerca los azares legales del litigio, se quedó conmigo, sola en su domicilio, pero conmigo, que hice las veces de consejero legal. La situación práctica de soltería le alegró el ánimo. Era una muñeca sujeta al trato de otros que salía por un momento de su casa y jugaba a ser independiente. Jugamos aquel juego juntos hasta que la realidad nos alcanzó bajo la forma de una llamada perentoria del marido, exigiéndole que acudiera a cumplir con sus responsabilidades. "Me voy por mis hijos, no por él", dijo Regina para que me quedara claro que esta vez era a mí a quien amaba, no al otro. Igual, por tercera vez en nuestra vida, me dijo adiós con las cartas abiertas: entre los otros y yo, prefería nuevamente al otro, rechazarme era una manera de quererme, de decirme la verdad precisamente porque me quería y era impensable entre nosotros una mentira.

»El hecho es que Regina se fue del país, con ella salió de mi vida la última de mis mujeres. Su cosecha y su dispersión fueron como una metáfora agrícola. Un año las tuve juntas, el año siguiente las perdí. Entonces vino la soledad. Con ella vinieron también los años prolíficos, los muchos libros, hijos del vacío vital, de la cabeza sin ilusiones buscando en qué ocuparse, como el arte barroco, para no mirar de frente su vacío. El placer fue en aquellos años el refugio de los libros, un placer seco, ascético, el placer del artesano que pule obsesivamente una superficie porque hacerlo lo aísla del mundo y lo olvida de sí. En medio de aquella soledad, como en medio de mis pérdidas, siguió creciendo sin embargo la mata de la recuperación, la voluntad del regreso. Carlota fue el primer síntoma de que aquella mata, nacida como un oasis en medio del desierto, podía florecer. Volvió de su viaje bronceada y ardiente, con una mirada febril y una figura liviana, que cabía en sus tallas de los treinta años, treinta años atrás. Al final de una noche en que le confié mis pérdidas, me dijo: "Lo mío va viento en popa. Los médicos me dan un año de vida." Puse la cabeza entre sus senos y le pedí: "No te dejes morir." Dijo: "Me estoy dejando vivir lo que me toca. No quiero una vida a medias." "Te quiero viva, aunque sea a medias", le dije. "A medias me tienes ya", me dijo. "Y todo ha de completarse pronto." El fin de aquel año de las pérdidas, luego del año de la dicha mayor, empezó con la agonía de Carlota. No tuvo otros síntomas externos que una pérdida paulatina de peso. Luego vinieron los primeros dolores, no en el pecho, sino en la columna, a donde el mal se había extendido. Se rehusó a internarse. Yo traje un médico militar que dispuso lo necesario en materia de analgésicos mayores, asumió frente a Carlota que, cuando ella dijera, la ayudaría a transitar con una sobredosis como hacia el sueño de una borrachera. Contratamos enfermeras para que la atendieran noche y día. Les ordenó quitarse el uniforme y utilizar sus vestidos, de modo que parecieran sus damas de compañía, no las centinelas de su enfermedad. Yo iba a verla todas las noches y le leía hasta que conciliaba el sueño. Había tenido siempre la manía de peinarme las cejas. Ahora me las peinaba sin cesar con sus manos como si me tallara, mirándome largamente, como si quisiera memorizar lo que veía. Una de esas noches me dijo: "Aparte de la morfina, sólo me alivia del dolor recordarnos. Me toco ahí abajo, te pienso y algo vibra todavía, me consuelo. ¿Sería una perversión pedirte que me toques tú?" Inauguré entonces la hermosa y triste rutina de tocarla antes de leerle. La toqué casi todas las noches, con excitación y nostalgia, hasta el día de su tránsito. Un día llegué y la encontré exhausta, la mirada ardiente, punzante del dolor. "No va más", me dijo. "Esta tarde cité al médico para terminar esto. ¿Tienes algo que alegar?" "Tengo algo que decirte", le dije, y me puse frente a ella a decirle sin ahorrar palabra ni dulzura lo mucho que la había querido, lo mucho que la había llorado, lo mucho que temía como un niño su ausencia. Se lo dije largamente hasta que corrieron por su rostro ostensibles lágrimas de felicidad. "Hay una cosa final que quiero confesarte", me dijo. "La que quieras", contesté. "Siempre estuve celosa de tus otras mujeres. Eres el único hombre, después de aquel primero, del que estuve celosa, celosa como una idiota. ¿Fingí bien que no me importaba?" "Perfectamente", dije. "Me importaba muchísimo. Nada me fastidió tanto la vida como ser mayor que tú, no poderte hacer mi marido, tenerte en casa, darte hijos, ahuyentar a las otras, ser mantenida por ti. Todo eso. Hasta llegar a ser tu viuda y quedarme con tu dinero. No porque fuera dinero, sino porque era tuyo. Bueno, estas son mis últimas palabras para ti: Tú has sido mi gran amante y mi mejor marido", me dijo. "Trata de no ser mi viudo, por favor." "Le prometí que no sería su viudo, pero lo fui un largo rato, lo soy aún. Por momentos, la pérdida de Carlota es tan viva que parece haberse ido ayer.»

Adriano calló. Caí en la cuenta de que había hablado todo ese tiempo sin mirarme, con la mirada fija en la desolación de su propia memoria. Había en sus labios un rictus de pena y en sus ojos un brillo de dolor migrañico.

—Creo que voy a dormirme ahora —dijo—. Ha sido una larga jornada.

Me acerqué a ayudarle pero pudo levantarse solo. Caminó hacia la puerta del estudio como si yo me hubiera ido ya. Antes de salir, se detuvo y me dijo:

—Llámeme la semana siguiente a ver si podemos vernos en otra parte. La verdad, extraño nuestro restaurante suizo.

Nuestro regreso al restaurante del Club Suizo fue un acontecimiento. Celebraron a Adriano como si volviera no de una enfermedad reciente sino de una tumba fresca. La cigarrera lloró al verlo, las meseras lo escoltaron abrazándolo a la mesa, el barman abrió un vino blanco que sólo se escanciaba por botella, para servirle su copa ritual.

—Así debieron festejar a Lázaro cuando volvió de su mortaja —dijo Adriano, sonriendo, cuando nos quedamos solos—. Me percato ahora de que estuve gravísimo. A juzgar por su euforia, toda esta gente no esperaba volverme a ver.

—Leve no estuvo —dije yo. Había perdido peso, el saco le bailaba sobre los hombros lo mismo que el cuello de la camisa bajo el gaznate descarnado. Sus facciones se habían afilado, el pelo, siempre abundante, había perdido lustre y disciplina, parecía a la vez ralo, alborotado y seco. La voz había perdido fuerza también. Adriano tenía una voz gutural, trabajada por infinitos cigarrillos negros; conservaba aquella resonancia de caverna pero había perdido fuelle y se diluía a veces, al final de alguna frase larga, en una penosa falta de aliento. Me interrogó a fondo durante la mitad de la comida sobre el "acontecer nacional", como llamaba la prensa a las noticias políticas locales. Cuando terminé mi resumen, dijo:

—Entiendo que llamen a todo eso "acontecer nacional", no sólo por razones de pomposidad, también por algún dejo de precisión involuntaria. En todo lo que usted me cuenta, las cosas efectivamente "acontecen". No tienen origen, dirección ni sentido alguno. No parecen responder a una voluntad pública que las gobierne. Nuestros políticos son víctimas, más que actores, de su política. No hay que culparlos demasiado. Nosotros mismos somos más víctimas que arquitectos de nuestra propia vida y nuestra propia muerte.

—Salvo Carlota Besares —dije.

—Carlota fue el ser humano más libre que yo haya conocido —dijo Adriano—. Aun así, la enfermedad cayó sobre ella como las catástrofes naturales sobre nuestra indigencia pública. Yo fui la encarnación misma de esa indigencia frente a su muerte. ¿Quiere que hablemos de eso? ¿En eso se quedó nuestro relato?

Asentí.

—Pues indigencia es una buena palabra —dijo Adriano—. Durante mi lamento por la muerte de Carlota, pensé mucho en la privación adicional de no tener a nadie con quien llorarla. Ella no tenía hijos ni familia. Yo no tenía testigos de nuestra extraña vida juntos. Carlota me había conocido siendo casi un niño, me dejaba siendo casi un viejo, envejecido doblemente por su muerte. Pensé que nuestros cuerpos habían sido gemelos, cómplices en todo, empezando con la invariable felicidad de sus encuentros. Habían sido a su manera dos cuerpos felices, estériles para todo lo que no fuera su placer. Me dolió sin embargo nuestra falta de progenie y de testigos. Pensé para consolarme que la esterilidad me había emparentado profundamente con Carlota. Las mujeres que no paren y los varones que no engendran son como anomalías de la naturaleza. Hay algo raro y esencial en nosotros los estériles, una falla que sólo la civilización oculta o disculpa pero que, al final, de algún modo cobra su precio. A mí, por ejemplo, pienso que me trajo desde muy joven las ganas de morir. Supongo que el mensaje de la naturaleza era: ya que no puedes dar vida, vale poco que la tengas. Quiero decir que desde los catorce años he sido un suicida tímido pero persistente, por temporadas agobiante. Casi no recuerdo año en que no me acariciara la idea de quitarme la vida. Acariciara digo, como una promesa más que como una amenaza. Aquella libertad del límite volvió durante mi duelo de Carlota. Había perdido todo lo que me importaba, y a Carlota para siempre. No había nada ante mí salvo la vida seca de los libros, la absoluta falta de otras ilusiones que no fuera poner los ojos sobre aquellos vestigios de mundos pasados, tan fantásticos como los que pudiera inventar la más desbordada imaginación, tangibles sin embargo, audibles en antiguas tipografías, en la silenciosa voz de cientos de autores desaparecidos, sin rostro ni cuerpo, convertidos por el tiempo sólo en una inmensa biblioteca de libros sin lectores, polvo de especialistas.

«Estaba a medio camino del libro sobre el reino milenario de los franciscanos en el Nuevo Mundo. Empezaba a leer, como el niño que husmea el postre antes de la comida, las primeras crónicas de la aventura jesuita en estas tierras. Se configuraba ante mí algo de lo que sería después la obra sobre las órdenes misioneras en la América hispana, asunto que habría de consolidar mi fama de reaccionario en las izquierdas, tan ciegas al hecho de que, si alguna utopía igualitaria hubo entre nosotros parecida a la que ellas buscan, son las evangelizaciones de los frailes y sus órdenes. Los frailes creían en un Dios imperioso y tenían una fe ciega en la bondad de su causa. Las utopías igualitarias de la izquierda creen en tiranos divinos y tienen una fe de carboneros en su catecismo progresista. Me es cada vez más difícil encontrar una diferencia entre ambas cruzadas, salvo que de los frailes quedaron muchas cosas buenas y de las revoluciones no quedará sino un crespón de luto y un muro de vergüenza. Pero ya estoy haciendo un artículo de periódico. Lo importante aquí es que la frialdad del gabinete me rescató de la desolación, del mismo modo que la certidumbre de que podía quitarme la vida en cualquier momento me dio fuerzas para seguir viviendo. Fue así como otra vez, poco a poco, en medio de aquel oficio sin ventanas, de aquella concentración sin esperanza, algo en mí empezó nuevamente a no querer la soledad, a necesitar la piel del mundo. Tuve en esos días un sueño como un manantial de agua fresca. Me soñé dormido boca arriba, con los labios secos de anciano pegados por su propia resequedad. Había una luz tenue al fondo, en la tranquilidad de un cuarto oscuro. Hubo de pronto una brisa como si alguien hubiera abierto gentilmente una ventana. Luego, con los ojos cerrados, sentí sobre mi rostro los labios de María Angélica, sólo sus labios, sonriendo dulcemente como ante una travesura. Me besó sin dejar de reír. Sus labios estaban húmedos, frescos, con la humedad y el frescor que le urgían a los míos, húmedos con un agua delgada que corría por su lengua como por una canaleta y mojaba mi boca, que se volvía a secar y era mojada nuevamente con la dosis exacta de humedad o rocío, porque había en esa humedad una aspersión de agua del alba. Desperté bañado por una dicha que no recordaba haber tenido, reconciliado conmigo mismo, feliz por tener dentro de mi el recuerdo casi físico de ese sueño. Tuve primero el placer de recordarlo, luego, a fuerza de recordar, tuve urgencia de María Angélica. Decidí buscarla, atraerla de nuevo, convencerla. No fue ella, sin embargo, quien oyó primero mi llamado, el llamado de mi salida al mundo, sino Cecilia Miramón. Cecilia se presentó una noche en la puerta de mi casa y pasó hasta mi recámara sin preguntar. Lo había hecho otras veces, no me sorprendió. Fue como si la genuina necesidad de María Angélica atrajera a otra, como si lo potente fuese el llamado de compañía, no el destinatario. Algo tienen que ver esas convocatorias erráticas con la universalidad del deseo. Vestimos al deseo de nombres propios y lo llamamos amor. Pero el deseo tiene su propia lista de convocados, no repara en los nombres sino en los cuerpos, y cuando es genuino los atrae, los busca, los encuentra, los persuade con la fuerza misma de su impulso. No quiere fundirse con alguien en especial, quiere sólo fundirse. Cecilia oyó la onda larga de mi deseo, sintonizó con ella porque ella misma había empezado a emitir su propia señal, luego de un año y medio de tener la antena apagada.

»Apenas la vi supe que sus demonios habían regresado, y yo con ellos. Traía una falda de cuero rojo, con una blusa negra ceñida a su talle robusto, sus pechos grandes, sus brazos redondos. Tenía el pelo esponjado como la copa de una jacaranda, las mejillas resaltadas con sombras violeta, los labios pintados del rojo de la falda. No hacía falta tenerla cerca para saber que había bebido, pero lo comprobé cuando se acercó a besarme. "Estoy fugada del convento", me dijo. "Y te vine a ver." Tuve el impulso moral de rehusarla, luego la aceptación salvaje de que no quería salvarla de sí misma, sino tenerla al precio que fuera, al precio que tuvieran que pagar su salud o mi conciencia. Casi me mata esos días, de alcohol, desvelo y amores. Habría sido la mejor manera de morir, pienso ahora, infartado entre sus piernas ebrias, en la orilla del escándalo, muerto de adulto en los brazos de una mujer que podría ser tu hija y que fue tu pervertidora. Eso sí es eutanasia. Me perdí en ella tres semanas. Luego, sin decir palabra, Cecilia desapareció. La busqué por todas partes, moribundo de culpa, hasta el punto de contratar una agencia de investigadores privados para que la rastrearan. Un día me llegó una carta suya pidiéndome dinero. Vivía en una comuna en un antiguo real minero convertido ahora en santuario del peyote, cacto ritual de los huicholes. Le mandé dinero con la súplica, inútil, de que volviera. Semanas después llegó una nueva carta, pidiendo más dinero. Dispuse que le situaran en ese pueblo una cantidad fija al mes, para arraigarla al menos y saber dónde estaba. Se fue poco a poco la fatiga de su aparición huracanada, quedó la nostalgia de su cuerpo joven, nuevamente encendido por el alcohol. Conforme su perfume fuerte cedió el paso, el sueño de María Angélica regresó, terso, prometedor, como había sido la primera vez. Me orienté en su búsqueda. María Angélica había dejado el instituto, trabajaba como bibliotecaria en una empresa privada que formó un centro de estudios históricos en torno a una famosa biblioteca comprada como pie de acervo. El affaire con Galio Bermúdez había terminado en el desastre previsto, acaso buscado por ella misma. Cuando María Angélica le abrió la puerta, Galio ocupó el territorio con desparpajo napoleónico, se mudó a casa de ella y estableció ahí su cuartel trabajo. Llenó la casa de libros, botellas, alumnos, amigos, conocidos, reduciendo implacablemente los espacios de María Angélica y sus hijos. No sé cuánto tardó en evaporarse el amor. María Angélica tardó un año en sacar a Galio de sus dominios, luego de que lo había expulsado de sus ilusiones. Fue un desalojo penoso. Supe sus detalles por casualidad justamente en los tiempos en que la buscaba de nuevo. María Angélica confió el asunto al despacho de abogados del que yo me había retirado. El abogado que llevó su pleito contra Galio me puso al tanto. Le habían encargado una misión imposible: debía echar al inquilino sin coacción física o legal, por la vía de la conciliación, ya que María Angélica no quería cargar sobre sus hombros el bochorno de un desalojo judicial. Le sugerí al abogado enviar una carta presentando el caso al secretario de Estado a quien Galio le prestaba entonces servicios de asesoría política, redacción de discursos y libelos anónimos. Galio fue persuadido por el secretario de que se mudara. Al efecto le habilitó un departamento que fue desde entonces su vivienda: cueva y oficina. María Angélica supo de mi intervención, me envió un mensaje de agradecimiento con el abogado. Le envié de regreso un capítulo del libro sobre los franciscanos, pidiéndole su opinión. Me respondió por escrito su opinión con numerosas correcciones bibliográficas y de latines, que nunca han sido mi fuerte. Le envié de regreso el manuscrito completo. Me devolvió un pliego de sugerencias de su puño y letra, un puño suave y una letra fina, como un pañuelo bordado a mano. En un sobre aparte venía una nota preguntando si asistiría al congreso de aquel otoño en la Universidad de Chicago. No me había tomado la molestia de responder la forma de participación en el congreso, ni había pensado ir. Decidí que iría, envié parte del libro como ponencia y respondí afirmativamente a la pregunta de María Angélica. Un mes después coincidí con ella en el lobby del hotel que sería sede del congreso, la noche misma de mi llegada.

»Los congresos, como le consta a usted, han sido mis alcahuetes. Me habían regalado hasta ese momento una de mis tres aventuras sin consecuencias, que he omitido en este relato, y mi reconciliación con Ana. El congreso de Chicago me devolvió la compañía de María Angélica. No la había visto en dos años. Noté que había invertido algo en su atuendo, lo mismo que en sus lentes, cuya estudiada sobriedad no excluía una armazón ligera con terminaciones de ojo de gato. Había unas líneas tenues de pintura en sus ojos, sus pestañas estaban finamente separadas por un rímel discreto. El efecto global mejoraba sus ojos, siempre bellos por inteligentes, aunque siempre ocultos tras unas gafas sin gracia y unos peinados que no despejaban su frente. Ahora se había cortado el pelo para dejarse un casquete de muchacho, lo cual despejaba su rostro, haciéndolo parecer más fresco. Había adelgazado también, aunque después descubrí que sólo usaba ropas que ceñían mejor su cuerpo, pródigo y bello, como me constaba a mí, bajo las ropas monacales, intencionadamente desaliñadas, con que lo había ocultado toda la vida. Me recibió con un beso en la mejilla. Su leve humedad recordó y alborotó mis sueños. Hablamos un rato de mi libro, luego del suyo, mientras tomábamos un martini. En un giro de la charla, María Angélica preguntó:

»"¿Y cómo están tus mujeres?"

»"Perdidas todas", dije. "Incluyéndote a ti."

»"La pareja quiere exclusividad", sonrió María Angélica. Sonreí yo también:

»"Todas ustedes tuvieron más hombres que yo mujeres."

»"Sí", dijo María Angélica. "Pero a través de los años. No todos al mismo tiempo. No ¡cinco al mismo tiempo!, como tú."

»"Al mismo tiempo, nunca", precisé. "Cada vez con cada una y cada una aparte de la otra."

»"¿Propones tu promiscuidad como un ascetismo, la abundancia como una fidelidad?", preguntó María Angélica.

Cometí el error de ponerme serio y le dije algo así como:

»"No te engañé, ni te quise menos por el hecho de amar a las otras."

»"Esta no es la mejor conversación para un reencuentro amoroso", cortó María Angélica.

»"¿Estamos en un reencuentro amoroso?", pregunté yo.

»"La ocasión es propicia", dijo María Angélica. "Luego de ver opciones, puedo decir que no eres el peor acompañante que puede haber en este congreso. Además, mi memoria anda alcahueta en estos días."

»"¿Qué anda haciendo tu memoria?"

»"Recordándote", dijo María Angélica.

»"Enfermedad de historiadora: recordar", dije yo.

»"*Adrianasis recurrentis*", definió María Angélica.

»"Suena terrible", admití.

»"Pero se siente bien", dijo María Angélica. "Eso sí te lo puedo asegurar: se siente bien."

»"¿Me estás coqueteando?"

»"¿A qué van las mujeres mayores a un congreso de historia sino a coquetear?"

»"Las mujeres mayores no coquetean", dije.

»"Sólo con hombres mayores", devolvió María Angélica.

»Fue nuestro reencuentro. Nos quedamos en Chicago una semana después del congreso, en una intimidad suficiente para que pudiera contarle mi pérdida de Carlota.

»Quiero seguirle contando, pero estoy exhausto, la pila se descarga fácilmente en estos días. Si le interesa el fin de la historia, le propongo venir a mi casa a tomar café un par de veces, mañana y pasado mañana, por ejemplo. Yo trataré de terminar en esas sesiones. No falta mucho, salvo el paso del tiempo, que no se siente pasar.»

No pude visitarlo al día siguiente, pero al otro sí, y aunque Adriano tenía que dar una clase, pudimos tomar un café demorado. Llegó pronto al tema y se demoró en su memoria:

—Mi encuentro con María Angélica en Chicago estableció las reglas de una relación perfecta para nuestras edades: una amistad trufada de amores más que un amor trufado de amistad. No me mire como si exagerara. La nuestra había sido una vida extravagante pero conyugal en el aspecto básico: la pretensión de exclusividad. Los celos, el pundonor de saberse engañada llevaron a María Angélica a separarse de mí. Me cobró la cuenta echándose en brazos de Galio. Pagó cara su venganza, como suele suceder. Su venganza tuvo al menos el mérito de ser efectiva, porque me pudrió la vida algunos meses, todos los que María Angélica estuvo con Galio, los felices que no me constan y los infelices, que contribuí a terminar. Cuando nos reunimos en Chicago, María Angélica estaba consciente de aquellas deudas y aquellos precios, no quería volver a cobrar ni a pagar nada. Una tarde, luego del brunch, caminando por la costera del gran lago de la ciudad, me tomó del brazo, se apretó a mí y dijo, como quien pregunta la hora:

"¿De dónde sacabas energías para sostener ese circo ambulante: andar con todas, engañar a todas, pasar de una a otra? Dirían los psicoanalistas que tenías suspendido el superego. ¿Cómo podías empacar todo eso dentro de ti?" "No lo sé", respondí solemnemente. "Ni quiero saberlo. Yo con mi vida privada no me meto." Cuando oí su carcajada llana supe que habíamos empezado algo nuevo. "Me encanta eso", dijo. *"Yo con mi vida privada no me meto".* "No hay que meterse con la vida privada de nadie", dije yo. "Mucho menos con la de uno. Es fuente segura de problemas." "Me encanta", repitió María Angélica. Regresamos de Chicago más marido y mujer que nunca, y más libres de ese yugo que antes de tenerlo. Por primera vez desde que nos conocimos, María Angélica dispuso de mí como de su pareja. Me pedía dinero cuando le hacía falta, emprendía a mis costillas reparaciones de su casa, viajes académicos y vacaciones familiares a las que yo estaba invitado permanentemente. Aceptaba o me negaba sin reproche. Mis negativas no creaban precedente, ni sus invitaciones obligación. Lo mismo sucedía con nuestros amores, la llamaba o me llamaba para ver si podíamos dormir juntos, en su casa o en la mía; salíamos a comer, a cenar o al cine, tres o cuatro veces a la semana. Tenía dos hijos adolescentes de Matute, que se había extraviado en los negocios y en esa especialidad universal del padre ausente. El hijo mayor de María Angélica tenía dieciocho años, la menor había cumplido quince cuando volvimos de Chicago. Me hice cargo de su fiesta en todos los detalles, incluido el de hacer venir a Matute, que trabajaba con una empresa transnacional en Santiago de Chile. Matute valoró la situación y concluyó, para molestia olímpica de María Angélica y alivio absolutorio mío: "Veo a mis hijos en las mejores manos. No podría irme más tranquilo respecto de su futuro." Llevaba cinco años de no ocuparse de ellos, salvo con alguna llamada telefónica y algún regalo navideño que caía en el seno familiar como una extravagancia. María Angélica puso en mis manos la crisis vocacional de su hijo mayor, con quien hablé largamente de todas las cosas menos de la carrera que debía escoger. Al final se hizo matemático y luego pianista, y luego rico porque resultó un genio inversionista en la bolsa, él, a quien su madre quería historiador o filósofo salido de mis manos. Puso también en mis manos las dudas públicas de todo orden que aquejaban a su hija: políticas, históricas, económicas, ecológicas, religiosas, paranormales. "Pregúntenle a Adriano" se volvió una respuesta canónica de María Angélica para sus hijos. Los muchachos me preguntaban al principio espaciadamente, al final como en una consulta obligatoria de todas las cosas. Yo diría que fui un padre ejemplar, salvo porque nunca jugué con ellos. Tampoco los oprimí ni me volví su sombra. Todos sus odios filiales se los quedó Matute, todas sus rebeldías adolescentes las soportó María Angélica, todas sus dudas y sus maduraciones las tuve yo en mis manos; fueron mi mayor pedagogía.

«Cecilia volvió a mí como era inevitable que volviera: en una ambulancia. El coche en que viajaba dio de frente con un autobús de pasajeros en las afueras del pueblo donde se había residenciado para volar de alcohol y alucinógenos. Recogieron del auto destrozado los cadáveres de sus acompañantes y el cuerpo inconsciente de Cecilia, protegida del siniestro por una línea invisible: viajaba en el único lugar del coche que quedó intacto en la colisión. Cecilia tenía mi teléfono reciente en la cartera, como años después habría de tenerlo Vigil, el teléfono cuyo nuevo número yo le había enviado por telégrafo días atrás para asegurarme que podría encontrarme en caso de emergencia, el único teléfono que alguien contestó cuando la emergencia prevista se hizo presente. Lo contesté yo. Supe por una voz anónima que Cecilia estaba bien, es decir viva, la única, en medio de sus acompañantes muertos. Tenía un tobillo roto y una pierna insensible. También cierta dislalia y otros síntomas de retardo cerebral. Las radiografías lugareñas, dijeron los médicos, no mostraban fracturas de cuello o cráneo, pero la dislalia y el retardo estaban ahí. Acaso la sacudida de la masa encefálica podía estar creando problemas, lo cual pedía observación de la paciente en reposo y un examen con aparatos que sólo había en la capital. Envié una ambulancia para traerla. La sedaron para minimizar sus movimientos durante el viaje. Trescientos kilómetros después la recibí en la entrada del hospital de especialidades donde iban a revisarla. "Me tajiste pesa de nuevo", dijo ebria de los antibióticos y la dislalia. Presa estaba y presa la había traído, aunque ella y yo sabíamos muy bien que no por mucho tiempo. Al regresar del hospital pude contarle la situación completa a María Angélica por primera vez. Por primera vez me dijo: "Si te ibas a conseguir una hija, por qué no al menos una hija sana." "Hubiera sido poco serio", jugué, y ella aceptó mi sinrazón con una sonrisa. El examen no mostró lesiones en el cerebro, la dislalia cedió poco a poco, lo mismo que la insensibilidad en la pierna. Cecilia había engordado, su mirada era sombría, con un leve estrabismo, en realidad con un párpado ligeramente caído que daba a uno de sus ojos cierta fijeza inquietante frente a la movilidad del otro. Los días de hospital le devolvieron el color y la calma a sus facciones, que perdieron poco a poco su palidez. Los sedantes la dejaron dormir, su cuerpo recobró poco a poco el ánimo, la tensión, el apetito. Su cabeza volvió también, pero en una cuerda oscura, depresiva, al revés de su cuerpo, que agradecía el trato y parecía cantar. "No me quiero morir", me dijo una mañana. "Pero hago todo lo necesario para morirme. ¿Qué es lo que quiero entonces? ¿Tú me entiendes?" "Entiendo que quieres las dos cosas", respondí: "Quieres morirte y quieres vivir." "No me quiero morir. No quiero. No me quiero morir." Me gustó siempre la garra de Cecilia Miramón, su capacidad de asomarse a los límites y desafiarlos. Estaba siempre en fuga, huyendo de sí misma; al mismo tiempo era capaz de hacer aquellos altos, suspender la huida y mirarse sin ningún velo, sin la menor autocompasión. "Voy a internarme de nuevo si me ayudas", me dijo. "Voy a secarme otra vez, de una vez por todas."

»Sus padres hicieron por fin acto de presencia. Eran la sombra de la hija, el bastidor contra el que Cecilia había azotado su juventud y prodigado sus excesos, como mostrándoles sus heridas para hacerles pagar con ellas responsabilidades inescrutables. Los conocí al fin de una de las sesiones con familiares que la clínica juzgaba parte esencial de la cura del paciente o, al menos, de su reflexión terapéutica. Cecilia me pidió que acudiera a dos sesiones, que aguantara en ellas lo que tenía que decir de mí. Acudí preparado para lo peor, pero en la cabeza de Cecilia mi culpa era menor que en la mía. Sus sesiones conmigo fueron una larga confesión de sus traiciones, como llamó a sus amores, y sus manipuleos, las mil formas en que según ella había burlado mi buena fe, mi generosidad, mi amor. No sentí sus testimonios infamantes sino amorosos. Apenas pude decirle, ante la presencia de todos, sus padres incluidos, que lo único de ella que me había herido era verla herida. Al salir de la sesión se acercó la madre de Cecilia y me dijo: "Usted es un hombre demasiado mayor para mi hija." "Así es", le dije. "Podría usted recibir una demanda judicial por abuso de menores", dijo el padre de Cecilia, echándome encima un acusado aliento alcohólico. "Cecilia cumplió treinta y un años hace cuatro meses, en julio", le recordé. "Pero usted fue su maestro y su amante mucho antes", me dijo. "Usted abusó de su posición. Tendrá que indemnizar a Cecilia. Recibirá mi demanda." "La recibiré con gusto", le dije. "Como la primera señal de que ustedes han empezado a ocuparse de su hija." El padre de Cecilia empezó a injuriarme en el pasillo, la madre me gritó "rabo verde". Entendí las dificultades con las que Cecilia había tenido que lidiar en la vida.

»Cecilia volvió a internarse para una desintoxicación general. La acompañé en su terapia dentro de la clínica, cuando salió también. Le conseguí un trabajo como escritora de guiones museográficos. Mientras ella no pudo hacerlo, sufragué sus gastos de médicos y medicinas, comida, vivienda, su instalación en un departamento y un guardarropa adecuado a la nueva era. Lo realmente difícil fue lo inesperado. Como parte del método de su terapia, en algún momento ella debía contar toda su historia, sin callarse nada. Debía contársela a alguien que fuera efectivamente un testigo, un espejo de calidad a cuya mirada no pudiera luego sustraerse y cuya comprensión solidaria pudiera ser un principio efectivo para poder perdonarse a sí misma sus errores y perdonar después a los demás, al mundo, sus agravios. Me explicó todo eso el día que me pidió ser su espejo, escuchar lo que iba a decir por primera vez, lo que no se había dicho ni siquiera a ella misma.

»Quien hubiera diseñado aquel sustituto de la confesión católica sabía bien lo que hacía. Las cosas debían contarse empezando por sus detalles más penosos. La narración circunstanciada de los hechos llevaba al horror de sí mismo pero también a la humildad ante el tamaño de las propias debilidades. Cecilia tardó una semana en vaciarse completamente frente a mí y yo en quedar vacío frente a ella. No me evitó los detalles, porque el método lo exigía. Los detalles estuvieron a punto de volverme loco. Cecilia había bajado varias veces a un infierno de abuso sexual, drogas, servidumbres, perversiones, miseria humana. Había incurrido en todas las cosas que odiaba. Había usado su cuerpo como un terreno baldío, su cabeza como una señal de tiro al blanco. Se había restregado en todos los cuerpos, se había hecho eco de todas las ideas erróneas sobre la libertad y el valor, mezcladas en su viaje con la temeridad estúpida y con el simple masoquismo. No me evitó los detalles, pero yo los evitaré. Cuando terminó de hablar la quería menos, la compadecía menos, la respetaba menos. Como si me hubiera engañado más que nunca diciéndome hasta la ignominia la verdad. Del fondo del desprecio vino, sin embargo, poco a poco, la comprensión. Me hería saberme uno más en la hilera de cuerpos frígidos con los que Cecilia había ido chocando en la vida, demasiado encerrada en su propio estruendo para poder escuchar el sonido de los otros. Al final me hería reconocer que en distintos momentos no había estado tan lejos de la hilera de predadores que habían usado su cuerpo como el espacio sin respeto que ella quería, como el terreno baldío de una expiación absurda. Me vine a casa y escribí su historia respetando el método de la terapia, es decir, empezando por los detalles de su relato que me habían resultado menos tolerables. Todos afectaban mi vanidad más que mi conciencia, ponían el acento en mi rabia más que en el sufrimiento de Cecilia. Rompí el relato, le escribí una confesión de amor herido que se volvió al paso de la pluma una confesión de pena por no haberla querido más, protegido más, comprendido más. Las emociones son en general bastante rusas, quiero decir, como en Dostoievski: lloran de felicidad, perdonan de rabia, se humillan por vanidad. Así yo con Cecilia Miramón: me conmoví de orgullo herido, volví a quererla de puro despecho.

»Estuvo un año sobria, y floreció. Un día me dijo: "Tengo la tentación de meterme sana en tu cama." "¿Ya estás sana?", pregunté yo. "Supongo que este impulso es un mal síntoma", dijo Cecilia. "Pero quisiera meterme en tu cama sobria, siquiera una vez." "Tendré que estar borracho", dije yo. "Si estás borracho no podré besarte. No puedo besar a nadie que haya tomado más de una cerveza." "Ni borracho ni sobrio", dije yo. "Ya veremos", dijo Cecilia. Recaímos poco después, pero recaímos en otra parte, en algo parecido a la camaradería, más que al amor. En el año segundo de su sobriedad, Cecilia me anunció su noviazgo con un compañero de museografías; luego, poco después, su matrimonio. "Es el segundo hombre que quiero sobria en la vida. Al primero lo querré siempre, y eres tú." (Durante esos años Cecilia habló de su vida "sobria" y de su vida anterior, como si sólo fuera cierta o seria la vida sobria.) Quería tener hijos, me dijo. Quería ver ginecólogos, cambiar pañales, absorberse en sus hijos, en su casa, ver engordar y aburrir a su marido: ser feliz. Eso hizo. Tuvo tres hijos en escalera y no supo sino de pañales y lactancias. Luego, el huracán la levantó de nuevo porque el huracán era parte de su vida —o de su muerte, como se prefiera.

»Vivimos en paz entonces, sin frecuentarnos físicamente pero en una sintonía especial de intimidad y confianza, no como la que puede haber entre un padre sustituto y su hija simbólica, sino como la que hay entre dos cómplices que se han puesto en un lugar aparte que ninguna competencia amorosa puede alcanzar. Fantaseo quizá, pero no puedo poner en otro sitio el hecho de que Cecilia me llamara por la noche, ya que su marido dormía, para contarme su jornada y decirme al final: "Voy a soñar contigo." Soñaba o no, pero era como sugerir que estaba pegada a mí en otra parte, una parte más seria que mi cama o la suya, tan real como sus hijos o mis libros, un sitio aparte. Cuando nació su tercer niño, todos hombres, todos locos cuando crecieron, lo mismo que su madre, Cecilia se ligó las trompas y empezó a construir una deliciosa fantasía. Me dijo: "Cuando todo esto se haya cumplido, yo haya crecido a mis hijos y me haya separado de mi marido, me voy a dedicar a cuidarte y a quererte." Según ella se desprendería de sus hijos cuando cumplieran veintiún años. Entonces se dedicaría a mí. Tendríamos un casa señorial, yo sería un maravilloso anciano de ochenta, ella una mujer independiente de sesenta y nos moriríamos juntos cuando tocara. Me gustaba aquella fantasía porque era una declaración de amor para todas las estaciones. Eso era, sin proponérmelo, lo que había empezado a buscar yo de mis mujeres: una especie de compañía profunda, de vínculo indisoluble, cuya expresión mayor eran los planes ilusorios de envejecer juntos, serena, gloriosamente, como no envejece nadie.»

Nos citamos para el día siguiente en el restaurante y sus maderas. Luego de un preámbulo nostálgico, siguió Adriano:

—El día que cumplí cincuenta y cinco años recibí por el correo el libro de Ana Segovia sobre la genealogía de la efigie guadalupana. Lo había terminado al fin, casi veinticinco años después de haberlo iniciado. Empecé a hojearlo y me fui deteniendo hasta hurgarlo del todo. Era una hermosa edición del más completo estudio que se hubiera hecho sobre la imaginería religiosa. Durante años había hablado con Ana de ese libro, me había resignado a su constante inconstancia, a su entrar y salir de la investigación, y había contraído la idea de que nunca iba a ponerle fin a aquel estudio. Verlo terminado sobre mi escritorio, tenerlo en mis manos, fue como una aparición laica: la propia virgen guadalupana había hecho el milagro de este libro. Mientras lo hojeaba volví al día de mi primer encuentro con Ana frente al mostrador del Archivo. Olí su perfume, recordé sus formas, pensé que el ayer era una capa delgada, que después de cierta edad la memoria, no el deseo, es la fuente verdadera de la vida. El libro de Ana venía acompañado de la invitación a un coctel vespertino donde sería presentado, entre otros, por el administrador de la Basílica, un clérigo bien vivido, historiador de altos registros, que sostenía en oscuros escritos la imposibilidad de probar históricamente las apariciones de la virgen. Era el autor de una sugerencia sacrílega, muy atractiva para agnósticos como yo, según la cual el verdadero milagro de la Virgen de Guadalupe no eran sus apariciones sino la propagación arrolladora de su culto en el corazón del pueblo.

«María Angélica atendía en Texas una reunión de bibliotecarias. Yo había terminado un prólogo inusitadamente árido, hijo de un encierro de seis días. Mi ánimo estuvo abierto para escuchar el llamado de Ana. Me presenté en el coctel tarde, calculando que la presentación hubiera empezado. El local estaba lleno, me escurrí a la parte del fondo para observar a mis anchas el acontecimiento, protegido por una columna. Pensaba ver, oír y retirarme cuando acabara. Pero Ana venía tarde y el acto no había empezado cuando llegué, lo cual no tiene importancia salvo porque la vi entrar, caminando a paso raudo por el pasillo rumbo a las primeras filas donde la esperaban. Venía en unos tacones altos, su figura sobresalía entre los asistentes sentados con una elegancia rara, como de barco deslizándose por un canal hacia el mar abierto. La miré dispuesto a no hacerle concesiones, lo cual quería decir, probablemente, que ya se las había hecho. Cuando llegó a donde estaba el abate de la basílica se puso de puntas para alcanzar su mejilla con un beso; agradecí lo mucho que quedaba de su espalda, su talle, sus piernas fuertes y largas. Se había vuelto una matrona suculenta.

Conservaba la prestancia del baile, los músculos duros, el andar ligero. Los años habían añadido carnes bien surtidas a sus formas esbeltas y un aire de sabiduría perversa a sus siempre hermosas facciones. Acepté que ninguna de mis mujeres me había gustado tanto como Ana, ninguna competía con ella en la naturalidad de su belleza. Me hirvió la sangre de verla, debo confesar, como les hierve sólo a los adolescentes, aunque lo único adolescente que quedaba en mí era el paso frenético con que me enfilaba a los sesenta. Cambié mis planes. Me quedé al coctel que siguió a la presentación del libro. En un momento de la lectura del abate, Ana me descubrió entre el auditorio. La vi ponerse roja, sonreír, lamerse los labios con aquel tic suyo que servía por igual sus momentos de rabia y de turbación. Pero no había rabia en sus ojos ni en su gesto. Había un apuro gozoso, como de quien recibe en bata la visita de amigos imprevistos. No hice sino mirarla y turbarla, especialmente cuando empezó a hablar. Los nervios la pusieron elocuente, más descreída que nunca. Leí en sus andanadas jacobinas una complicidad con nuestro pasado, con el momento en que nos conocimos, con nuestros años de burlones desencuentros en la materia. Repitió un viejo chiste común, supe que lo dijo para mí: "Como ustedes saben", sonrió, "no creo en la iglesia católica. Creo en el pueblo que cree en esa iglesia. Pero no acepto que crea en ninguna otra. Si es inevitable que el pueblo tenga una religión, por lo menos que sea la verdadera." Al terminar la entretuvieron algunos lectores que pedían autógrafos. Me acerqué al coctel, donde me alcanzó el abate. "Hacen una extraña pareja usted y Ana", le dije. "En el fondo ella cree más de lo que dice y usted cree menos de lo que acepta." Alzó una copa de vino y me dijo, sonriendo con levedad angélica: "Usted, como historiador, sabe que hay algo profundamente verdadero en todo esto. Yo, como creyente, sé que hay algo profundamente incierto que sólo puede creer la fe." Pensé, comparativamente, que seguía habiendo entre Ana y yo algo fresco que no habían matado los años; también algo viejo, que no podría remozar ninguna frescura. Era el turno de la novedad, sin embargo, la hora de mi reencuentro con Ana Segovia. Así fue. Vino a mí entre los invitados al coctel, las mejillas encendidas, los ojos húmedos. Me abrió los brazos, tomándome por debajo del saco. Sentí su cuerpo lleno y su voz en mi oído: "¿Te gusté? Dime que te gusté". "Como una virgen", dije. "Eso es lo que ando, virgen", me dijo. "¿Puedes cenar después de esto?"

»Cenamos con el abate de la basílica, que se retiró a buenas horas, no sin darle término a un buen vino rojo. Antes de marcharse, preguntó: "¿Ustedes se casaron alguna vez por el rito de la Santa Madre Iglesia?" "Sólo por el rito de la carne", dijo Ana. "Es un hecho de la historia que los ritos de la Santa Madre Iglesia duran más que los de la carne", consagró el abate. "También son más aburridos", dijo Ana. "Mucho más", dijo el abate. "Mucho más." Cuando se hubo marchado, Ana me dijo: "El abate es mi cómplice. Quiere que me case de nuevo. Según sus registros, por primera vez. Es su manera de coquetearme." "Creo que estoy atrasado de noticias respecto de tus matrimonios", le dije. "Me divorcié hace seis meses, luego de tres separaciones", me informó Ana. "Pero como estaba casada sólo por lo civil, para el abate ese matrimonio no cuenta. Está empeñado en que me case por primera vez. *Si no vistiera yo los hábitos que visto*, dice, *impediría que se prolongara esta situación irregular*. Es un viejo coqueto, como todos los curas libertinos." "Nunca pensé que me provocarías con un cura libertino pasado de años", dije, haciéndome cargo de su estrategia. "Me gustan los hombres mayores", dijo Ana. "Tienen un no sé qué de historiadores arrepentidos." "Si empezamos a hablar de la edad terminaremos hablando de doctores", le dije. "Cuéntame de tus hijos." Eran adolescentes, uno rubio como el padre, el otro moreno como Ana, uno obsesivo como el padre, el otro fantasioso como Ana. Uno se había ido a vivir con el padre, el otro se había quedado con Ana. "Nada tan difícil como vivir con un hombre aburrido", dijo Ana. "El tedio es una epidemia que lo va invadiendo todo, objetos y personas. Hasta las alegrías se vuelven rutinarias, los colores pierden el brillo, la vajilla nueva parece vieja, nadie se ríe con los programas cómicos de la televisión. Llegué a ser auténticamente la loca de la casa porque tomaba clases de baile y cantaba en la regadera. Mi marido, mi segundo marido, es decir mi segundo exmarido, es el mejor hombre del mundo, pero es el rey del tedio. Lo único que le enciende de la sangre son los negocios. Hubiera querido ser su negocio en vez de su esposa. Pero no quiero hablar de eso. Mejor háblame de ti. ¿En qué andas? ¿Sigues con tu novia de la infancia?" "Se fue del país", dije. "No sé nada de ella." "Menos mal", dijo Ana. "Me pudre su competencia desleal. Me cae bien ella, pero me pudre pensar que es tu amor imposible. No se puede competir con un amor imposible. Me pudren los amores imposibles." "Prefiero los posibles", dije. "Mientes, como todos", dijo Ana. "A los hombres les encantan los amores imposibles: su mamá, su prima mayor, su novia de adolescencia. Son los reyes de los amores imposibles y nosotras, las mujeres de carne y hueso que sí pueden tener, somos las peor es nada, sustitutas imperfectas del amor imposible. ¡Qué mal me caen!"

»Pasamos dos días juntos, sin separarnos más que para ir al baño. Era todo lo contrario de su marido: ocurrente, despierta, deliciosa en la mesa y en la cama, como dicen que deben ser las mujeres deliciosas. Sin embargo me había hartado de ella alguna vez, de sus arrestos sanguíneos, del ritmo imantado de sus días, de su conversación vivaz, de sus amores encendidos. Me había hartado alguna vez de todo eso tanto como ella se había hartado del bajo perfil temperamental de su marido. Recordé todo aquello, pero aun así le propuse a Ana que tratáramos de nuevo, que quizá el abate tenía razón, que debíamos corregir la irregularidad de su celibato. "El mío puede corregirse, aunque sea temporalmente", me dijo. "Pero el tuyo no tiene redención, ni bajo el rito católico. Nada me haría más feliz que vivir contigo, pero nada me haría más infeliz en poco tiempo. Porque tú en el fondo eres una cabra loca que no quiere corral. Eres neurótico desde chiquito. Imagínate ahora de grande. Sobre todo, yo creo que tienes dañada la parte del cerebro que dice *compañía*. Yo quiero ser tu novia, tu concubina o tu amasia, como dice el código civil, pero tu esposa otra vez, ni para heredarte. Además, estaría vendiéndote una mercancía dañada y yo abomino a los mercaderes tramposos, es decir, a todos los mercaderes. Por lo pronto, hazme el resumen de estos días: ¿te di gato por liebre?" "Sólo liebre", dije. "¿De manera que quieres volverme a ver?", preguntó. "Quiero", dije. "Pues como decía mi marido: ponle fecha." "Ponla tú", le dije. " Yo sólo puedo el lunes, el martes, el miércoles, el jueves, el viernes, el sábado o el domingo de la próxima semana", dijo Ana. "El lunes", dije yo. "Eso es mañana. Demasiado cerca", dijo Ana. "Te invito a comer a mi casa pasado mañana. ¿Quieres conocer mi casa? Mis hijos no están." "Quiero", dije yo. "¿Quieres conocer a mis hijos?", preguntó Ana. "También", dije yo. "Me gusta eso, pero no podrás conocerlos pasado mañana. Pasado mañana nos pondremos de acuerdo. Iremos en todo esto día por día. Ojalá dure más que todos nuestros días." Así fijó Ana Segovia las reglas del más duradero y libre de nuestros acuerdos.

»Volví a mi encierro durante algunas semanas. Ana me llamaba por teléfono para contarme de las locuras que iba colectando la difusión de su libro. Una monja había quemado la obra en un convento. Un creyente lo había dejado como exvoto en el altar de la virgen con su huella digital impresa al pie de la portada. Los defensores de la aparición habían hecho su tirada habitual contra los libros que recordaban la anacronía de los documentos que la probaban. No había faltado quien le dijera que era parte de la conspiración masónica y atea. Estaba encantada. Antes de que regresara María Angélica, me convenció de que nos viéramos. "No pretendo tus amores, nada más tu compañía", me dijo. "Los amores que nos quedan son sólo compañía", le dije. "Algo de agua puede sacarse todavía de la vieja noria", dijo. Algo salió, desde luego, pero mientras Ana dormía sobre mi pecho insomne, pensé que prefería ese reposo gregario a la guerra santa de su cuerpo despierto; quería más su conversación que sus gemidos, más su fraternidad que su deseo. No era una preferencia muy galante, pero era la más amorosa de que era capaz. Hubiera querido decirle: "No quiero tu amor, ni la exclusividad que eso implica. Quiero la maravilla de tus nalgas, pero te quiero sobre todo a ti, tranquila, risueña, envejeciendo conmigo, dejando que el tiempo nos lime y nos mate juntos, sin ninguna otra exigencia."

»No sé bien lo que quería decir, pero eso quería decir. Había tenido celos en mi vida pero no verdadero espíritu de posesión. La vida abierta del amor me había agudizado siempre el impulso misántropo del encierro, me había rendido a las sensualidades sin comparación de mis mujeres como el monje que acepta sus debilidades o como el adicto que acepta su dependencia. Había sido feliz hasta el punto del hedonismo, pero no había arriado nunca las banderas defensivas del ermitaño. Conforme dejé la abogacía y entré en la edad adulta, aparte de los brazos de aquellas mujeres, sólo me sentía bien alejado de ellas, entre libros abstrusos y papeles viejos. Pero el contacto con aquella dicha me había abierto una ventana y no sabía dejar de mirar por ella. Era una ventana, lo entendí poco a poco, donde no había una ni dos de mis mujeres llamándome, sino todas ellas, cada una a su manera, cada una de forma distinta, aunque en mí fuera volviéndose cada vez más importantes la compañía que los cuerpos, la felicidad que el placer, y la felicidad de ellas antes que la mía. María Angélica, que fue en un sentido la más inteligente de todas, percibió antes que nadie ese cambio, la forma en que se iban imponiendo las cursilerías de la comunión sobre las infanterías del deseo.

»"Supe que volviste a ver a Ana", me dijo una noche. "¿Cuándo lo supiste?", dije. "Al volver de mi viaje. ¿Te interesa saber cómo lo supe". "No", le dije. "Lo supe por la misma Ana", me dijo María Angélica. "¿Qué supiste?", pregunté. "Todo. Quería que lo supieras". Cortó el hilo y me dijo: "Hay un programa de compra y catalogación de archivos privados en la biblioteca de la Universidad de Texas. Creo que debieras ofrecerles el tuyo. Es probable que yo reciba una oferta de trabajo en esa biblioteca. Si es así, me gustaría ser la curadora de tu archivo." "¿Qué debe incluir mi archivo?", pregunté. "Todos tus papeles personales, en especial cartas, manuscritos. Los borradores y notas de tus libros. Tu hemerografía completa. Los diarios, las agendas, todo." "Hay cosas que no quiero que nadie vea", dije. "Las destruyes si quieres", dijo María Angélica. "Aunque una decisión más profesional es que reservas su consulta para dentro de diez, veinte o treinta años." "Suena cursi", le dije. "Son reglas universales a las que se acogen todos, los vanidosos y los tímidos. Traje el folleto con las reglas y la descripción del fondo. Todo está previsto ahí, si te interesa." "Me interesa", dije. "A mí también", dijo María Angélica. "Tengo una gran cantidad de papeles tuyos, y no sé qué hacer con ellos. Quedarían bien en tus archivos, junto con todo lo demás." "¿Pondrías el *tríptico* en esos papeles?", pregunté. El *tríptico* llamábamos a un escrito en sátira que le envié a María Angélica cuando la presencia de Regina disparó en Ana y en ella nuestra ruptura. "Incluso eso", dijo María Angélica, saltándose mi provocación. "Veo que han vuelto a ser amigas", comenté. "Si tú puedes andar con Ana y conmigo", dijo María Angélica, encendiéndose un poco, "yo puedo vivir con Ana y contigo. Y Ana conmigo. Y con la otra también." "¿La otra?", pregunté, abusando de la posición. "La que nos puso locas a Ana y a mí", dijo María Angélica. "Esa con la que no se puede competir, según Ana, porque ocupa el lugar primigenio." "Estás muy enojada para estar tan tranquila", dije. "Entre más lo pienso, más enojada", dijo María Angélica. "Aprovecha esta calma, dicho sea en medio de la calma: si a esta edad en que los amores escasean, el precio de tu amor es aguantar a la loca, estoy dispuesta a pagar el precio." "¿Quién es la loca aquí?", pregunté. "Yo, desde luego", dijo María Angélica. "Pero me estaba refiriendo a la otra, a la niña. Es decir, a tu niña, o sea, a la anciana que nos hizo enojar a Ana y a mí." "Lleva dos años fuera del país", dije, tontamente. "¿Quién está hablando de lugares y países, Adriano?", saltó María Angélica. "Pareces menor de edad."

»Me había irritado al principio la falta de celos de María Angélica, su levitación, angelical como su nombre, por encima del hecho duro de mi reencuentro. Me maravilló ahora la extensión de su armisticio hasta el posible territorio de Regina. Admiré a las mujeres, entendí que la edad juega a su favor: son más sabias entre más grandes, menos esclavas de las pasiones de su juventud, más capaces de amar lo que les toca, lo que el tiempo les reparte y el azar les deja. "¿Estás segura de todo lo que me has dicho?", pregunté. "No", dijo María Angélica. "Sólo estoy segura de que te lo dije y de que estoy dispuesta a sostenerlo. ¿Me invitas a cenar esta noche a la calle, donde todos nos vean?" "Desde luego", dije. "De pronto tuve urgencia de que nos vean", explicó María Angélica. "Estamos juntos aunque no nos vean", dije yo. "Y aunque no nos veamos." Había un toque demagógico en ese pronunciamiento, pero había un fondo mayor de verdad. Para ese momento de nuestra vida estaba diciéndole a María Angélica lo que con toda precisión empezaba a suceder entre nosotros.

»Bueno, ahora hábleme usted de la República, porque mi pila se agotó. Apenas puedo decir cómo me llamo.»

Volvimos al restaurante una semana después. Luego de hacerme recordar dónde había dejado su relato, Adriano siguió:

—Un momento culminante de aquella reposición del triángulo en que habíamos vivido María Angélica, Ana y yo, fue la salida de mi libro sobre los jesuitas en América, su siembra indeleble del patriotismo criollo. De aquel patriotismo, hijo del resentimiento más que del orgullo, habrían de brotar todas las grandezas y todas las miserias de nuestro sentimiento nacionalista. Entre las grandezas, el amor por la tierra natal. Entre las miserias, la envidia y la xenofobia de los que quieren para sí, por pertenencia geográfica, lo que no obtienen por mérito humano. Fue un libro largo. Cuando lo empecé era un proyecto de cuatro páginas. Al terminarlo tenía setecientas. Lo investigué con mis alumnos durante los tiempos de mi soledad, luego de la desbandada de mi imperio polígamo. María Angélica dejó sentir su presencia, independiente de su orgullo herido, en la fidelidad de algunos de aquellos alumnos que hubiera podido apartar de mí. Durante la hechura de aquel libro, poco después del año de mi dicha mayor, Ana mantuvo su ausencia sin concesiones. Cecilia Miramón estaba encerrada en su sobriedad. La única llama amorosa que alumbró aquel tiempo de estudio fue Regina Grediaga, también ida entonces, prófuga con su marido y sus hijos. Encontró la manera de restablecer su presencia, del modo más extraño. Había tenido siempre hacia mi vida intelectual una indiferencia tan estricta como pueden tenerla ante la textura de los ladrillos las mujeres de los ladrilleros, o ante los misterios de los plásticos las mujeres de los ingenieros químicos. Lo poco o lo mucho que me hubiera querido Regina, había sido estrictamente por mí, sin adherencia externa de oficio o beneficio, por la única flaca rotundidad de mi ser puesto en el mundo. El hecho es que Regina topó con una compilación de prólogos míos a otras obras, el primero de los cuales estaba firmado justamente en los tiempos en que nos reencontramos por primera vez, luego de su primer descalabro matrimonial y la pérdida de Ademar, su hijo pequeño. Regina había leído la fecha de su escritura, la fecha la había derramado sobre su memoria. Me escribió una carta sobre una servilleta de tela, diciéndome algo así como esto: "Me puse a llorar porque vi el año de ese escrito, el año en que yo te busqué porque Ademar había muerto. Me diste refugio y hablamos de todo, pero ni una palabra de este texto que estabas escribiendo. Ahora lo llevo conmigo a todas partes, lo leo y lo releo, aunque no entiendo bien, pero me regresa a aquella época nuestra, y me gusta, y me pongo a llorar." Recuerdo haber pensado entonces: "Si un prólogo abstruso, escrito hace treinta años, puede quedarse vivo todo ese tiempo y tocar esos botones en la memoria de alguien, hay que escribir libros, hay que escribir este libro sobre los jesuitas. Algún día tendrá su propia vida ante la mirada de alguien." Escribí el libro, según le dije ya, como un antídoto para la soledad, interrumpiéndome aquí y allá por alguna conferencia o algún ensayo. Me faltaba un año para terminarlo cuando acudí en busca de María Angélica al congreso donde nos reencontramos. Me disponía a darle los últimos toques cuando fui al reencuentro con Ana, un año después. Lo terminé en los días que María Angélica volvió de su curso en Texas, el día que cumplí cincuenta y nueve años. María Angélica me informó entonces del asunto de los archivos junto con su pacto de tolerancia conmigo, con Ana, con Regina, con ella misma.

«El libro salió publicado en una fecha particularmente propicia. El día de su presentación en la Universidad se anunció que yo había obtenido el premio nacional de historia. Por la noche, María Angélica me exigió una de las cenas que le gustaba tener conmigo, solos y bien vestidos en un lugar elegante, donde todos nos vieran. Fuimos a un restaurante del sur que tenía unos jardines y salones de banquetes. En uno de aquellos jardines María Angélica había organizado una fiesta sorpresa, con amigos, alumnos y autoridades. Ana Segovia estaba en primera fila, radiante, con un rubor infantil en los pómulos. Me besó en una mejilla y a María Angélica en las dos.

»Las mujeres son animales complejos, invencibles; nosotros, los hombres, luego de muchas vueltas, somos sólo sus muñecas. Conforme me acerqué a los sesenta años, aquella ductilidad de las mujeres, su inteligencia superior de propietarias de largo plazo, me fue confortando, lavando mis culpas de mujeriego *sui generis*, amante de unas cuantas mujeres que habían pasado más tiempo en la cama y la vida de otros, a ninguno de los cuales, sin embargo, habían querido tan reincidentemente como a mí. Yo era su excepción; ellas, juntas, mi fatalidad. El arte de nuestros amores era reincidir, habíamos reincidido la mayor parte de nuestra vidas. Al punto de que era ya una imposibilidad tácita separarnos. Yo de ellas, ellas de mí y de la presencia reincidente de las otras. Ahora, dígame usted, sólo por curiosidad: ¿con cuál de las mujeres que le he referido se hubiera casado usted?»

—Con cualquiera. Con todas —le dije.

—En cierto modo yo me acabé casando con todas ellas —sonrió Adriano—. Fui como el polígamo Pastor Venegas, pero sin sus agallas. No fundé familia, no incurrí en el tedio conyugal, en las hipocresías de la monogamia, ni en los alardes de la promiscuidad. ¿Qué es el amor sino una intermitencia? No es un estado sino unas ganas del otro que vienen y se van, tal como se iban y venían mis mujeres, siempre en el pico de las ganas, a salvo del tedio y de la compañía hueca que es el agua en que nadan las parejas felices.

—¿Volvió a ver a Regina Grediaga? —pregunté.

—Sí —dijo Adriano—. Por un camino sinuoso. Ese camino empieza el primer día de cursos del año en que cumplí sesenta. Fue un día terrible para mí. En la noche de ese día me enteraron por el teléfono de la muerte de Carlos García Vigil. Supongo que le interesará saber eso. Vigil me había acompañado por la mañana a mi clase inaugural. Solía hacerlo para halagarme; también, supongo, porque le gustaba recordarse en aquel día veinte años atrás. ¿Usted conoció a Vigil en el periódico o en la escuela? —me preguntó.

—En el periódico. Aunque en realidad no lo conocí. Yo entré al diario cuando él salía.

—Fue más hijo mío que ningún otro —dijo Adriano—. Quiero decir: me hubiera gustado que fuera mi hijo. Discutía con él sin parar su abandono de la historia por el periodismo. Al mismo tiempo, envidiaba con una sonrisa oculta su vida loca, llena de conexiones inesperadas. Cuando murió, tuve acceso a sus papeles. Entendí hasta qué punto la suya era una vida loca. Le contaré algún día algo más de todo eso. Lo pertinente para nuestro relato es que Vigil penaba, sobre todas las cosas, la muerte de una mujer. Se reunía con otras por las razones más diversas. Por consuelo, por lujuria, por compasión. Y hasta por autodenigración, porque no descartaba a algunas espeluznantes reinas de la noche que se cruzaban por su camino. Usted me recuerda mucho a Vigil, aunque falta en usted, por fortuna para usted, aquel demonio doble de la insaciabilidad y la culpa, aquellas ganas de estar en el mundo para poseerlo, someterlo, mejorarlo, pero al mismo tiempo no tener los arrestos de mezclarse en sus malas artes y en sus agujeros podridos, sin lo cual es imposible poseer el mundo. Recogí los papeles de Vigil cuando murió, me los trajo una mujer amiga suya, su pareja. Escribí un híbrido tratando de completar la novela que Vigil había empezado a escribir. Por ahí está entre mis papeles, junto con los diarios y los manuscritos de Vigil. Una vida perdida, pensé entonces. Pienso ahora que una vida como pudo ser. No hubo un reino perdido en aquello, hubo un reino dilapidado, como todos los reinos al final. Nadie ha dicho, salvo la Ilustración, equivocadamente, que la vida humana puede ser perfecta, en vez de ser el desperdicio atrabancado que es. Mientras seguí el rastro de Vigil en sus cuadernos me alarmé de su promiscuidad y de la intensidad de sus pasiones. Al final fui atraído por ellas. Yo me había adscrito, con más vigor en cuanto más pasaban los años, al ideal de la vida perfeccionada por el conocimiento, puesta a salvo de las pasiones por la razón. Spinoza ha señalado con claridad que eso es imposible, que la naturaleza humana no es domeñable y que, como la otra, está hecha de bajas y altas pasiones, igual que hay días de tormenta y días soleados. Le cuento todo esto porque a usted le interesa Vigil, pero también porque entre sus papeles apareció una foto que fue la que me puso en marcha hacia Regina Grediaga. Era la foto de la mujer cuya ausencia Vigil penaba. Se llamaba Mercedes Biedma. Era el amor perdido de Vigil, su amor insomne, la pérdida que lo llevó a todas las otras. Mercedes Biedma apareció primero en una tarjeta de la investigación histórica que hacía Vigil, una especie de oración donde Vigil lamentaba su ausencia. Apareció después en los cuadernos del diario de Vigil, ubicua y obsesivamente; por último, Mercedes Biedma era el centro de la novela que Vigil escribía. De pronto, en un sobre apareció su foto. Fue como un puñetazo para mí. Tenía las mismas facciones lánguidas de Regina Grediaga, la misma frente altiva, los mismos ojos abiertos como una invitación. Regina había vuelto de su exilio unos meses atrás. Yo había tenido el impulso de buscarla, pero me había guardado de hacerlo porque no quería repetir la situación desastrosa de mi imperio polígamo de una década atrás. La frecuentación de Mercedes Biedma en la historia inacabada de Vigil se me impuso al principio como una nostalgia de Regina Grediaga. Se fue volviendo después necesidad de verla, tocar y comprobar su existencia, afirmarla contra el espejo roto de Mercedes Biedma, la mujer perdida de Vigil, tan parecida a la Regina de treinta años, cuyo rostro se había quedado en mi cabeza como el rostro que aparecía siempre que pensaba en ella, ennoblecido por unos aires tenues de muchacha y un anacronismo romántico de cortejo marcial.

«Busqué a Regina movido por Mercedes Biedma. La encontré en un estado maravilloso y lamentable a la vez. Vivía en un penthouse frente al parque, unos metros arriba de las palmeras de tronco delgado que oscilaban en el viento como penachos de cometas infantiles. Supe su domicilio por su hermano, a quien encontré, luego de dos décadas de no verlo, vuelto comandante de una de las zonas militares del golfo. Le anuncié mi visita a Regina con una tarjeta formal y obtuve su aceptación con otra. Me recibió impecablemente vestida y peinada, alta, esbelta como en todos sus días, los hombros sin un asomo de rendición o fatiga, los largos dedos y los grandes ojos sugiriendo caricias inalcanzables como siempre, en medio de un lujoso departamento de dos pisos, con escaleras que subían haciendo una curva de cisne y un candil pendiente del techo artesonado. La sala era enorme, el comedor también, tras unas puertas de madera labrada. Más enormes aun porque estaban prácticamente vacías de muebles, como si Regina acabara de mudarse o fuera la vendedora que espera al cliente para mostrarle el piso en renta. Frente a la chimenea, solitario, había un sofá de tres sitios, una lámpara de flecos y una mesita de cubierta de mármol con un teléfono blanco. "Sólo mi recámara está completa", dijo Regina, con humor resplandeciente. "Todo lo demás se ha ido caminando al empeño. Me siento como una antigua aristócrata quebrada cuyos acreedores se la llevan poco a poco. Cuando la casa de empeño entre a mi recámara, cuando empiece a llevarse mis joyas, venderé el piso y me iré a vivir a un sitio modesto como ha de ser mi vejez." Puso un servicio de té y me explicó. El marido había rehecho su fortuna pero no quería volver a México. Sus cinco hijos, todos varones, se habían marchado de la casa muy jóvenes, adolescentes, a estudiar a otros países. La soledad de Regina cara a cara con su marido acabó de secar la relación hasta hacerla intolerable. Regina padecía la vida en España, y una nostalgia enferma por México, por su casa, por sus padres, aunque su casa hubiera sido vendida y sus padres hubieran muerto años atrás. Decidió regresar al lugar donde había hecho su vida, aunque las razones de su vida estuvieran radicada en otras partes. Es verdad que la capital de México estaba más cerca de los lugares donde estudiaban sus hijos, en universidades de Norteamérica, pero las condiciones económicas de Regina eran fatales aquí. Como una forma de hacerla regresar, su marido le había suspendido el estipendio conyugal y Regina era incapaz de pagar su independencia. Estaba en ese forcejeo. El marido la ahogaba económicamente para recuperarla y ella resistía sin habilidad ninguna para manejar los recursos que le habían quedado en la mano, es decir, el penthouse que estaba a su nombre, los cuadros, los muebles que había ido vendiendo para financiar su resistencia. Tomamos té y hablamos. Por primera vez quiso saber en detalle el tema de alguno de mis libros, el último. Se lo expliqué largamente, pensando mientras lo hacía que el libro esencial de mi relato era el que debía haber escrito. Los autores debiéramos al final de nuestra vida volver sobre los demasiados libros que hemos escrito y hacer versiones cardinales que puedan leerse en una tarde. Trajo una botella de oporto y sirvió dos copas. "Tengo una duda", dijo. "¿Es inmoral que las mujeres de casi sesenta años tengan deseos de muchacha?" "Depende de la frecuencia de los deseos", dije yo. "¿Sería capaz de inspirarte a mis años al menos un pecado venial?", me preguntó Regina. "Los únicos pecados que me has inspirado siempre son mortales", contesté. "¿Te gusto un poco todavía?", dijo. "Como siempre: más que nunca", dije.

»En el amor, todo es más lento con la edad. También, a veces, más intenso. El orgasmo en el joven es un llamado del más acá, una afirmación de la vida. En el viejo el orgasmo es un llamado del más allá, un asomo a la muerte. Redimí todas las boletas de empeño e hice traer todos los muebles al departamento, hasta reponerlo en sus más ínfimos detalles. Puse una renta mensual en manos de Regina. Cuando esa seguridad llegó, tuvo un colapso nervioso del que volvió luego de una cura de sueño. Se había ido pálida y espiritual. La devolvieron sanguínea y glotona, como no la había visto en mi vida. Comía chocolates por primera vez, golosa y torvamente. Se dejó crecer las lonjas sin culpa en un cuerpo que había estado siempre seguro de sus buenas líneas, lo cual hace siempre, durante toda la vida, cierta diferencia con quienes fueron gordos de arranque. Permítame esta digresión banal sobre los cuerpos. Quienes han sido gordos desde que recuerdan están siempre incómodos dentro de sí mismos. Quienes han sido esbeltos están a gusto dentro de sí aun si la vida los embarnece como gordos originales. La única excepción a esta molestia original del cuerpo de los gordos, es el de los gordos con ritmo, los gordos que desde pequeños bailaban bien, recibían en su cuerpo el llamado de la música. Pero esas son excepciones de la grasa, no su norma. Fin de la digresión. Regina engordó y comió esos días como si fuera la flaca sin culpa que siempre fue. Yo fui el goloso compañero de ese modo extraño que ella tuvo de envejecer engordando, luego de haber sido toda su vida una palmera que mecía el viento, como las que había en el parque frente a su penthouse.»

—¿Qué me está contando usted? —le dije—. ¿Recobró a sus mujeres?

—Recobrar es un verbo exigente. La idea de que eran "mis" mujeres, es más exigente aún.

—¿De quién sino de usted?

—De ellas mismas —dijo Adriano—. De nadie más. Fueron mujeres de muchos hombres y yo sólo de ellas. No me quejo: una más me hubiera abrumado, me hubiera quitado la unidad de las otras. Quizá pueda intentar una recapitulación en nuestra siguiente cita. Ahora se me ha acabado la pila. Hable usted, cuénteme de esa mujer policía que mató a sus dos amantes por infieles.

En la última comida que dedicó al tema, Adriano hizo algo semejante a la recapitulación prometida.

—Me pregunto lo que pensaría de mi relato cualquier mujer inteligente de estos días —dijo Adriano—. Quizá lo encuentre más cínico o más promiscuo de lo que es en realidad. Quizá lo vea sólo como lo que es en mi memoria, la parábola de una bienaventuranza. Me pregunto cuál sería la opinión de las mujeres que son parte del relato. Les molestarán los detalles, supongo, la aglomeración. Ninguna desconoce el cuadro, pero ninguna lo ha visto de cerca, en todos sus detalles. Se preguntarán: ¿después de todo, éste a quién quiso más? Una pregunta competitiva, típicamente masculina, que nunca falta en las mujeres: "Mi marido habrá sido un mujeriego, pero a nadie quiso como a mí", etcétera. Me pregunto si mis mujeres se llamarán a escándalo, como alguna vez hicieron, por, llamémosla así, la multifuncionalidad amorosa de esta historia. Puestas todas las mujeres juntas en la vida de un solo hombre, la historia amorosa de ese hombre parecerá la de un cínico. Pero puestas por separado las historias de mis mujeres, acaso resulten más plurales que la mía. Las conozco bien, sé que mi historia ha sido menos variopinta que la de ellas, aunque más extravagante. Digamos que he tenido una vida agitada y fiel. Ahora bien, del mismo modo en que el rasgo más acusado de un carácter es invisible para su poseedor, acaso yo haya sido un mujeriego de unas cuantas mujeres, que es como decir un escritor prolífico de sólo cinco libros.

—Depende del tamaño de los libros —dije.

—Depende de los libros, claro. En todo caso, mis mujeres no fueron libros donde sólo yo escribí. Fui, en todo caso, uno de sus múltiples redactores. Fueron y vinieron a mis estantes, y en ese ir y venir, al final se quedaron. Viví con todas ellas a intervalos, sin agobiarnos con las obligaciones de las parejas. Encontramos la manera de acomodarnos a la pluralidad de nuestras vidas. Todas se fueron otra vez, tuvieron otros hombres, los quisieron, los engañaron con otros, entre ellos yo. Pero todas volvieron a mí, y yo a ellas. Las acepté como un destino gozoso, como la prueba de una vida no estéril. Ellas terminaron asumiéndome a mí, supongo, como a un mendigo sentimental (una especialidad femenina: recoger indigentes sentimentales). Yo fui su refugio amoroso contra el fracaso en otros frentes, y una solución económica en momentos difíciles de la adversa fortuna. Puesto todo junto, terminé siendo una parte de sus vidas que no pudieron dejar atrás, suplir ni rechazar. Entre otras cosas porque nada exigía de ellas, salvo esa compañía tolerante, que terminó siendo más profunda que ninguna otra. Envejecí con ellas y ellas conmigo, sin darnos cuenta, al pasar de los días limados de Góngora: *Las horas que limando van los días / los días que limando van los meses / los meses que limando van los años*. Los años que limando van las vidas, añado yo. Con una vivía un tiempo, otra era mi amante semanal, las otras mis amantes ocasionales. A una la mantenía, a otras la acompañaba en sus cuitas, a todas en sus enfermedades. Las amaba a todas al punto de seguirlas queriendo mientras las veía envejecer, cada vez más viejas en sus cuerpos, pero no en mis recuerdos. Estaban libres del tedio y de la rutina. Y, en ese sentido, libres de mi desamor. Envejecimos juntos en una clandestinidad que fue una condena y una gloria.

«En los últimos años, todo lo que había existido entre nosotros sucedió de nuevo. María Angélica reincidió en Galio y salió huyendo de él por tercera vez. Se dejó tentar después, visto que nunca viviría conmigo, por la oferta de ser la segunda encargada de la gran biblioteca latinoamericana de la Universidad de Texas. Detrás de su pasión por los libros, en el orden sereno de las bibliotecas, sospeché la presencia de un hombre. Lo hubo en la figura de un antropólogo más joven que yo, que resultó la antípoda de Galio: tan imposible de aguantar por su índole apacible como Galio lo había sido por su fuego mercurial. Antes, durante y después de aquella nueva elección de pareja, María Angélica vino con frecuencia a arreglar asuntos. Nos veíamos, reincidíamos, me contaba las razones de su viaje. Yo solía descubrir, no sin vanidad, que la mayor parte de sus razones inaplazables para viajar podían resumirse en la razón de vernos.

»Ana Segovia regresó con su marido buscando estabilidad para sus hijos. Admitió su propia pasión por el orden y la certidumbre, ella que había cultivado las anarquías de su temperamento como un asunto de honor. Me dio una explicación trágica de su decisión de volver al matrimonio. Dos años atrás, donando sangre para su padre anciano, la descubrieron portadora del virus de la hepatitis C, recogido años antes en otra transfusión. Salvo algún indicio de fatiga, no había nada en ella que anunciara aquella dolencia asintomática, un mal sin cura que carecía de síntomas, hasta que, una vez desatado, mataba en lapsos breves. "Como te dije, soy una mercancía dañada", recordó Ana. "Y he llegado a la conclusión de que quienes deben hacerse cargo de esas cosas son los maridos, porque los maridos, andando el tiempo, para eso son. La verdadera ayuda que necesito de ti es que no me odies por esto. Y, si es posible, que me sigas queriendo." La seguí queriendo, desde luego. A mi edad, fui su amante adúltero y clandestino, condición que estimuló mi inmodestia tanto como la imaginación de Ana.

»Por lo que hace a Regina Grediaga, vivió bajo mi protección todo el tiempo que su marido quiso someterla por escasez. Agradecieron mi intromisión sus hijos, a quienes conocí en sus visitas. Gocé aquel patronazgo porque me convertía por fin en el amor central de Regina: la pareja sentimental y la solución práctica de su vida. Finalmente, el marido de Regina aceptó la situación, fondeó los gastos de Regina a cambio de que cada año pasaran con sus hijos una vacación de invierno larga y una corta de verano. Regina y yo tuvimos la mejor de nuestras temporadas juntos, la década de nuestros años sesenta. Esos años me hicieron ver cumplidos mis sueños adolescentes con la mujer adulta de mis sueños y convirtieron a Regina en una mujer vanidosa, presumida, aristocrática, que luchaba contra su edad haciendo planes de muchacha.

»El itinerario de Cecilia Miramón fue más accidentado. Volvió al alcohol otras dos veces y lo dejó después de sendas crisis. Fui su amante en el alcohol, su enfermero en la sobriedad. Se hizo poco a poco mi compañera estable, la administradora de mi casa, la ordenadora de mi biblioteca, mi secretaria, mi memoria, mi enfermera. Tiene hoy cincuenta y dos años, está a punto de ser abuela, pero para mí es una muchacha, tanto, que he tenido la tentación de escribir, pretensiones literarias aparte, un equivalente moderno de aquella obrita de Balzac, *La mujer de treinta años*, para mostrar que la mujer de cincuenta es la mejor que puede encontrarse, si se le encuentra a tiempo, en nuestras vidas.

»Para conocer de verdad a una persona hay que comerse con ella un saco de sal, decían en mi pueblo. Yo me comí un saco de sal con cada una de mis mujeres, a lo largo de la vida. Los seres humanos no alcanzamos sino para engancharnos de verdad unas cuantas veces. Nuestro mundo sentimental es restringido, con algunos filamentos múltiples saliendo de cada núcleo, pero con unos cuantos núcleos que ordenan todo lo demás. Entre esos seres nucleares que nos ordenan y nos explican en el orden sentimental, no están siempre los que serían obvios, nuestros padres, nuestros hermanos, nuestros hijos. Suelen ser fuereños: padres, hermanos, hijos sustitutos, parientes que vamos a buscar fuera de casa. Yo encontré en mis mujeres esa tribu sustituta, acabé queriéndolas más que a nadie. Las quise tanto por lo que me daban como por lo que me quitaban. Fueron historias de amor y de guerra, un enganche como el del torero con el toro, para matar o morir. Mejor dicho: para morirse en la suerte. Sabe usted que el gran torero Juan Belmonte pensaba al final de su vida que su derrota como matador invicto, al que nunca cogió un toro, era precisamente no haber cumplido ese destino: ser muerto por un toro. Su victoria sobre los toros lo hacía incompleto, porque nunca lo mató un toro, nunca se cumplió su destino de pareja cabal con el toro. Lo mismo con nuestros amores. No son sólo cantos de alegría, son también un furioso enganche vital, la rabia y la euforia a un tiempo, una pelea de afinidades que ata tanto por el placer como por el sufrimiento que da. Mis padres murieron jóvenes y yo no tuve hijos. No tuve la tentación ni el calor de la familia. Ni la genealogía ni la herencia fueron mis legados. Acaso me hice historiador tratando de fabricarme un pasado. Al final, todo eso me hizo terriblemente libre. He andado por el mundo ligero de equipaje, como quería el poeta, como si nada hubiera heredado y nada tuviera que heredar, como si nada tuviera que conservar ni que perder. Más que una carencia, he encontrado en ese vacío una libertad. Creo haber ejercido esa libertad completa sólo en dos ámbitos, el de los libros que escribí y el de las mujeres que le he contado. Sé que estará tentado de utilizar alguna vez el relato de mis mujeres. No hagamos un episodio de esto. Yo no le he contado las cosas para que las escriba, pero tampoco para mantenerlas en secreto. No me opongo a que utilice todo eso como le convenga, salvo por lo que pudieran pensar los hijos de ellas, que son también los míos por adopción, aunque no todos lo sepan. Le pido, si va a contar esa historia, que cambie los nombres y no la publique hasta que yo me muera. Creo que es una historia digna de ser contada. Créame que fue digna de ser vivida.»

Ese día, con esa frase, Adriano terminó la historia de sus mujeres contada por él mismo, poco después de cumplir setenta y tres años. Para ese momento, el estado de sus cinco mujeres era el siguiente: Carlota Besares había muerto de cáncer diez años antes y venía a visitarlo en sueños, enervando sus deseos. Regina Grediaga tenía setenta y dos años, cinco hijos, siete nietos y un principio de artritis en las manos que combatía tocando desastrosamente el piano. Cenaban juntos una vez por semana, hablaban de la historia militar del país y reincidían ocasionalmente en la búsqueda joven de sus cuerpos viejos. Ana Segovia tenía sesenta y cinco años y un marido con males cardiacos, algo menor que Adriano. El fantasma de una hepatitis C caminaba por su organismo duro de bailarina, sin que nadie pudiera precisar la fecha exacta de su inicio ni el término fatal de su brote. María Angélica Navarro tenía sesenta y cuatro años y era una eminente bibliotecaria en la Universidad de Texas, en Austin. Cecilia Miramón tenía cincuenta y dos años, era la madre de tres hijos y acababa de ser abuela.

Con el mismo rigor con que sostuvo el relato de sus mujeres durante nuestras comidas, Adriano dejó de hablar sobre el tema en nuestros encuentros. Comimos en el club varias veces, lo visité en su casa otras. Había madurado la idea de que lo ayudara a poner en orden su archivo personal. La suya seguía siendo la casa de un hombre soltero, cuyos únicos auxilios domésticos eran Gildardo, el chofer, y su sombra de siempre, Águeda chica, que envejecía a la par que Adriano, sentada como un ídolo en la cocina, vivo vestigio del mundo de la infancia huérfana de Adriano, su tía distante y aquel país de lealtades rurales que se habían llevado el siglo y el progreso. Cecilia Miramón se ocupaba de ordenar su biblioteca según los criterios profesionales definidos por María Angélica. Se ocupaba también de llenar los vacíos domésticos que dejaban la vejez olvidadiza de Águeda chica y la torpeza masculina de Gildardo, el chofer, tampoco un jovencito. Cecilia resolvía ambas cosas con mano enérgica y risueña, que le valió el mote de La Doñita para sugerir la bondad y la dureza de su imperio. María Angélica había convencido a Adriano de vender sus archivos a la biblioteca donde trabajaba. Adriano accedió para inducir el trato de Cecilia y María Angélica en un propósito común. Coincidí con Cecilia algunas tardes en la casa de Adriano, trabajando ella en la biblioteca y yo en los archivos. Me ganó desde el primer día la sensualidad de su sonrisa, una sonrisa que no estaba en su rostro, sino en su cuerpo todo, en la alegría de sus ademanes, en las ojeras libertinas que las esclavitudes del alcohol y la vehemencia habían dejado en sus ojos.

En la misma casa me crucé alguna vez, sin coincidir, con María Angélica y con Ana Segovia, que a veces venían juntas. En el archivo de Adriano había algunas fotos de ellas, ninguna con Adriano, fotos sin mayor gracia que decían poco de sus encantos. Había en cambio una colección impresionante de fotos de Regina que había nacido para ser mejorada por los lentes de las cámaras y la luz de todas las ocasiones. Parecía siempre ligera, radiante, bañada por un aura que sólo podía existir en aquellas fotos y en el horizonte sin límites de la memoria.

Adriano murió días después de cumplir los setenta y seis años. No tuvo dolencias preparatorias. Murió de pronto, sin aviso, la noche de un día en que le hubiera gustado morir. Había entregado por la mañana una mención honorífica durante un examen profesional. Acudió al brindis que su alumno laureado ofreció antes del almuerzo. Almorzó en su casa con Cecilia Miramón, que salía de viaje por la noche. Trabajó toda la tarde revisando las pruebas de su último libro, un alegato sobre los infortunios de la legalidad en la accidentada historia política del país. Fue a cenar con Regina Grediaga en un restaurante de viejo estilo de la ciudad donde lo trataban a cuerpo de rey, lo mismo que en el club donde solíamos tener nuestras comidas. Había hecho un arte de cultivar restaurantes donde lo trataran como dueño y sólo iba a ellos. Me había dicho una vez: "Prepare desde joven un par de lugares donde comer toda su vida, una biblioteca para leer de viejo y un médico que lo ayude a salir de este mundo si su última enfermedad resulta demasiado complicada, demasiado larga, demasiado aburrida o demasiado dolorosa." Después de cenar con Regina llegó a su casa cerca de las doce, terminó de leer las pruebas y se fue a la cama con un ejemplar inglés del tratado de Spinoza, *Sobre la mejora del entendimiento humano*. Al irlo a despertar por la mañana con la bandeja del desayuno, Águeda chica lo encontró sin vida. Gildardo fue el primero en saber la noticia de labios de Águeda. El primero en saberlo de labios de Gildardo fui yo. María Angélica fue la segunda, pero estaba en Texas y no pudo sino tomar el avión más próximo. Cecilia fue localizada en su hotel de la ciudad donde había viajado y tomó el avión de vuelta. Ni Gildardo ni Águeda tenían los teléfonos de Ana Segovia y Regina Grediaga. Debido a todas estas coincidencias, llegué antes que nadie a casa de Adriano. Me sorprendió la desnudez de su cuarto, al que nunca había entrado. Dormía en un camastro de monje junto a una mesa de noche rústica con una lámpara de metal. Su cuerpo estaba contra la pared, puesto de perfil sobre su brazo. El libro de Spinoza estaba en el suelo, sobre la estera, como si lo hubiera dejado caer. La última cosa que subrayó esa misma noche, antes de dormir para no despertarse más, fueron estas líneas: "algo cuyo descubrimiento y logro me permita gozar de una felicidad continua, interminable y suprema". Eso andaba buscando la noche inesperada de su muerte. Quiero creer que eso tuvo, al menos como propósito, por el hecho de haberlo leído y subrayado el día de su partida.

La prensa empezó a llegar luego de que yo di la noticia de la muerte. Las autoridades se presentaron para orquestar funerales solemnes, de duelo nacional. Ana Segovia llegó antes del enviado del presidente, bañada en llanto, con lentes oscuros. Regina llegó poco más tarde con paso de eminencia secreta, concentrada en la grandeza de su pérdida. Cecilia y María Angélica llegaron por la tarde a la funeraria, poco después de la guardia que hizo el presidente, con las autoridades de la Universidad. Hubo deudos toda la noche, hasta la madrugada. De pronto estuvimos sólo las mujeres de Adriano y yo, con Gildardo y Águeda chica. Les conté entonces mi impresión del último amanecer de Adriano.

—Me entristece que haya muerto solo —dijo Ana Segovia.

Hubo un gran silencio, al cabo del cual se oyó la voz de Cecilia:

—Así vivió, así quería morir.

Las otras asintieron discretamente, como reconociendo el hecho. El silencio tomó de nuevo la sala donde estábamos.

—Nadie se muere acompañado —sentenció con suavidad María Angélica—. Todos hemos de morirnos solos.

Callaron de nuevo, dejando que las palabras hicieran todo el camino en sus cabezas.

—Cenamos juntos la noche anterior —dijo Regina Grediaga, al cabo de otro intervalo—. Estaba contento con su nuevo libro. Fumó un puro para celebrarlo.

—Estaba contento —repitió Cecilia—. Yo lo vi al mediodía. Lo dejé trabajando en sus cosas como un niño.

—Igual se murió solo —dijo Ana Segovia—. Creo que a todas nos hubiera gustado estar ahí.

Le temblaron los labios cuando dijo eso. Los ojos de Regina Grediaga acabaron de humedecerse. María Angélica cruzó los brazos, bajó la cabeza. Cecilia miró al frente y dejó correr dos hilos de llanto sobre sus mejillas hinchadas, sin que hubiera otra seña de dolor en su rostro.

Recordé que en una de nuestras últimas conversaciones, respecto de la soledad doméstica de su vida, Adriano me había dicho: "He vivido con la libertad de un rey. Moriré en la soledad de un mendigo." No repetí eso, sino aquello otro que le había oído decir varias veces, después de la muerte de Carlota: "Hay que pedir a los dioses una vida corta o larga, pero una muerte súbita."

—Odiaba la idea de una enfermedad larga —les dije—. Creo que le hubiera gustado su muerte.

Los restos de Adriano fueron incinerados al otro día. Siguiendo sus instrucciones, la urna fue enterrada ("sembrada" dijo el orador) en el jardín de la escuela de historia donde Adriano enseñó medio siglo. En algún momento de la ceremonia vi a sus mujeres conversar bajo la sombra de un liquidámbar. Exhaustas, enlutadas, oían una historia gesticulante de Ana Segovia y añadían comentarios vivaces. Recordé al verlas juntas las palabras que el mismo Adriano me había dicho: *Quién pudiera tomarlas desde la primera vez, tenerlas la segunda y la tercera, en todas sus edades, ser el dueño de todas sus estaciones, de todas sus vueltas, sus cambios de piel, sus renacimientos milagrosos.*

Pensé que a su manera él había podido hacerlo con ellas, y ellas con él.

Semanas después, recibí un citatorio para acudir a la lectura del testamento de Adriano. Adriano aseguró hasta el fin de sus días a Gildardo y Águeda chica. El resto de su fortuna lo heredó en partes iguales a las señoras invisibles de su vida: ReginaGrediaga, Ana Segovia, María Angélica Navarro y Cecilia Miramón. Su única propiedad inmueble era la casa. Águeda chica podría vivir en ella sin restricción alguna. Cuando muriera, la casa debía venderse, lo mismo que sus cuadros y antigüedades, y el monto repartirse en las proporciones previstas para todo lo demás.

Cecilia Miramón recibió en custodia la biblioteca de Adriano para finiquitar su envío a la universidad que la había comprado por consejo de María Angélica Navarro. Yo recibí el encargo de ordenar su archivo para los mismos efectos. Parte del archivo lo marcó Adriano mismo como reservado para abrirse treinta años después de su muerte. Incluía sus cartas personales, entre ellas las de sus mujeres.

También un diario —veintidós cuadernos de pasta dura con sus notas— y el manuscrito de su libro sobre Carlos García Vigil, junto con los papeles del propio Vigil, materia prima del libro.

Respeté su mandato de que nadie viera los materiales reservados: fui el primero en no consultarlos. Tomé ventaja, en cambio, del resto del archivo, como su primer usuario, para un posible libro sobre Adriano y su obra. Antes de enviar los archivos a sus custodios, añadí a los materiales reservados las notas que había tomado en mis comidas con Adriano sobre la extravagante historia de sus mujeres. Releyendo esas notas pensé algo más: quise dejar mi propio testimonio, una huella corsaria en la vida de Adriano. Escribí el presente relato y lo incluí, junto con las notas respectivas, en los documentos reservados. Pienso que no debo usar esos materiales para mi libro, pero tampoco dejar que se pierdan en un tiempo sin registros. Son las historias de Adriano que todos querremos conocer un día, el rastro de su populosa soledad, lo que él llamaba su vida agitada y fiel, carne gemela de sus libros, memoria inesperada de su porvenir. Termino estas líneas efímeras con la vanidosa certidumbre de haber tocado las puertas de una vida que ha de ser más larga y más digna de ser contada que la mía.

Las mujeres de Adriano se terminó de imprimir en octubre de 2001, en Encuadernación Ofgloma, S.A. Calle Rosa Blanca No. 12, Col. Ampliación Santiago Acahualtepec, C.P. 09600, México, D.F. Composición tipográfica: Fernando Ruiz. Cuidado de la edición: Ramón Córdoba. Corrección: Marucha Piña y Astrid Velasco.